Das Agatha Christie Lesebuch

Aufregendes und Informatives
aus der Mörderwerkstatt
der Queen of Crime

Scherz

Bern – München – Wien

2. Auflage 1986

Schutzumschlag von Heinz Looser
Foto: Thomas Cugini
Gesamtherstellung: Ebner Ulm

Inhalt

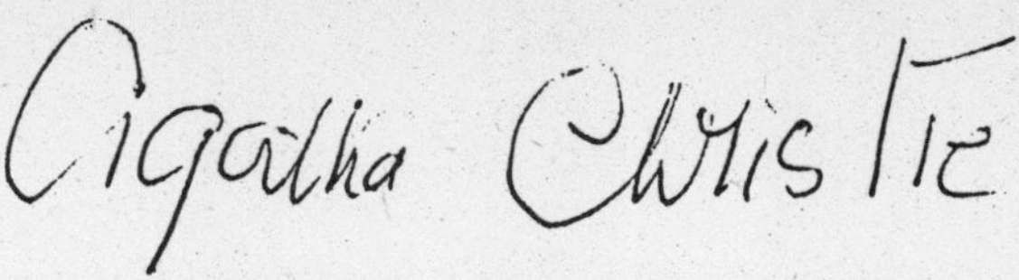

Wenn der Name Agatha Christie fällt, steigt unwillkürlich das Bild einer alten Frau vor uns auf. Denn sie starb mit fünfundachtzig Jahren, und gewöhnlich behält man einen Menschen so in Erinnerung, wie er in der Zeit vor seinem Tod aussah. Mit diesem Bild identifiziert man auch sein Leben.
Doch als Agatha Christie mit dem Schreiben begann, war sie eine junge und schöne Frau. Sie nahm erst spät, als sie mit ihren Büchern längst Erfolge hatte, ihren Beruf ernst. »Ich schrieb Geschichten, wie andere junge Mädchen Kissenüberzüge stickten oder von Meißner Porzellan Blumensträuße kopierten...«, erinnert sie sich in ihrer Biographie *Meine gute alte Zeit*.

Ihr erster Kriminalroman erschien 1920. Sie war damals dreißig Jahre alt und noch mit dem späteren Oberst Archibald Christie verheiratet, der ihre große Liebe war. Die Ehe hielt fast vierzehn Jahre. Sie hatten eine Tochter, Rosalind. Ungefähr zum Zeitpunkt der Veröffentlichung ihres neunten Buches, *Der blaue Expreß,* ließ Agatha Christie sich scheiden, nachdem ihr Mann sie wegen einer anderen Frau verlassen hatte. Ihre Karriere als Verfasserin von Kriminalromanen war damit nicht beendet. Sie dauerte noch ein knappes halbes Jahrhundert, in dem mehr als siebzig Bücher entstanden.

Torquay an der Südküste Englands, Agatha Christies Geburtsstadt, war damals, als sie am 15. September 1890 geboren wurde, ein eleganter, ruhiger Badeort. Ihr Vater Frederick Alvah Miller war Amerikaner, man lebte vom Familieneinkommen. Nach seiner Heirat mit Clarissa Margaret Beochmer, der Nichte seiner Stiefmutter, hatte er in den USA bleiben wollen. Aber ihm gefiel Torquay zu gut, die schöne Bucht und das südenglische Küstenland.

Was für Kriminalromane hätte Agatha Christie wohl geschrieben, wenn sie in den Staaten aufgewachsen wäre?

Eine müßige Frage. Denn Agatha Christie wuchs nun einmal in Torquay auf, im »Ashfield«, einem schönen großen Haus mit alten Buchen und einem zwei Morgen großen Garten.

Sie war ein phantasievolles Kind mit rotem Haar, das gern allein spielte oder mit der alten Kinderfrau. Ihre Schwester Madge und ihr Bruder Monty – Agatha wurde acht Jahre nach ihm geboren – waren meistens in der Schule und auch viel älter als sie. Agatha brachte sich das Lesen selbst bei. Von ihrem Vater, der starb, als sie elf war, lernte sie die Grundbegriffe des Rech-

nens. Erst mit sechzehn wurde sie nach Paris auf eine Höhere-Töchter-Schule geschickt.
Obwohl das Vermögen zusammengeschmolzen war, konnte ihre Mutter »Ashfield« halten, das Agatha so liebte. Madge war inzwischen verheiratet und lebte in New York. Monty diente in Indien in der Armee. Agathas Mutter vermietete »Ashfield« und reiste mit ihrer Tochter nach Ägypten. Sie blieben drei Monate. Agatha hatte sich zu einer attraktiven jungen Dame entwickelt und erhielt einige Heiratsanträge von Offizieren, die in Ägypten stationiert waren. Agatha nahm keinen ernst.
Sie hatte schon als Kind gern Geschichten erzählt, und irgendwann schlug ihre Mutter vor, sie solle sie aufschreiben. Natürlich verfaßte sie auch Gedichte. Mit elf Jahren veröffentlichte sie ihr erstes (in einem Lokalblatt) – über die neumodischen elektrischen Straßenbahnen, die sie bei einem Besuch ihrer Großmutter in Ealing, einem Vorort von London, gesehen hatte.
Weihnachten 1914 heiratete Agatha Archibald Christie. Zwei Tage später mußte er an die Front. Seine junge Frau pflegte als Schwester im Krankenhaus von Torquay Verwundete und begann dann in der Klinikapotheke zu arbeiten, wo sie all das über Gifte lernte, was sie später so gut verwenden konnte.
Während dieser Zeit entstand ihr erster Kriminalroman: *Das fehlende Glied in der Kette*. Angeregt von ihrer Mutter und ihrer Schwester Madge hatte sie angefangen, sich über einen Vorfall Gedanken zu machen, der damals erhebliches Aufsehen erregte: Im Krankenhaus war eine Menge Arsen verschwunden. Agatha Christie spann den Fall aus – und so wurde ihr erster Kriminalroman geboren.
In ihm tritt auch schon der kleine Hercule Poirot auf, der später so berühmte belgische Detektiv. Inspiriert

wurde sie zu dieser Figur durch die belgischen Flüchtlinge, die in Südengland Aufnahme fanden.
»Warum keinen Belgier?« schreibt sie in *Meine gute alte Zeit*. »Es gab alle Arten von Flüchtlingen. Wie wäre es mit einem geflohenen Kriminalbeamten? Einem pensionierten Kriminalbeamten? Nur nicht zu jung! Welch großen Fehler habe ich damals begangen! Die Folge ist, daß mein erfundener Detektiv heute schon weit über hundert Jahre alt sein muß.«
1930 erschien *Mord im Pfarrhaus*. Wo und wann und wie sie diesen Kriminalroman schrieb – daran konnte sie sich später nicht mehr erinnern. Auch daran nicht, wie sie auf den Einfall kam, eine neue Detektiv-Figur einzuführen: Miss Marple. Jedenfalls hatte sie diese nicht als Konkurrenz zu Hercule Poirot geplant.
Wie Poirot war auch Miss Marple schon ziemlich alt, als sie die Szene betrat. Während der nächsten vierzig Jahre alterte sie zwar weiter, aber natürlich nur in Grenzen. Das Vorbild für sie waren die alten Damen, die Agatha Christie als junges Mädchen gekannt hatte, und auch die altjüngferlichen Freundinnen ihrer Großmutter in Ealing.
Agatha Christie heiratete noch ein zweites Mal, 1930 – Max Mallowan, Professor für Westasiatische Archäologie an der Londoner Universität, den sie auf einer ihrer vielen Reisen in den Vorderen Orient kennengelernt hatte. Sie half ihm bei seinen Ausgrabungen und wurde zu einer Archäologin, die man in Fachkreisen ernst nahm. Durch die Ausgrabungen im Tal Nimrud und in Ninive, wo sie Teile des assyrischen Königspalastes freilegten, wurden Agatha und ihr Mann in Fachkreisen berühmt.
Als Agatha Christie sechsundsechzig war, 1956, wurde sie mit dem Orden des britischen Empire ausgezeichnet, was einer Erhebung in den Adelsstand gleich-

kommt. Am 12. Januar 1976 starb sie im Alter von fünfundachtzig Jahren in ihrem Haus in Wallingford bei Oxford.

«Greenway», eines von Agatha Christies Häusern

Hercule Poirot

Steckbrief

Hercule Poirot war Belgier, Sohn konservativer Eltern, wuchs in der Nähe von Spa auf und machte in Brüssel bei der Polizei rasch Karriere, ehe er sich – als berühmtester Kriminalbeamter seines Landes – 1904 pensionieren ließ. Noch als Angehöriger der belgischen Polizei lernte Poirot Kriminalinspektor James Japp von Scotland Yard kennen, mit dem ihn eine lange, nicht immer ungetrübte Freundschaft verband. Zusammen leiteten sie in Brüssel die Ermittlungen im Falschmünzerskandal Abercrombie. Um 1904 ließ sich Poirot als Privatdetektiv nieder und war bald einer der berühmtesten Spürhunde Europas. Noch vor Ausbruch des Ersten Weltkriegs begegnete er Arthur Hastings, der zu jener Zeit bei Lloyd angestellt war. Sie arbeiteten gemeinsam an einem Versicherungsfall. Hastings wurde Poirots Watson, sein treuer, hochgeschätzter Freund.

1916 kam Poirot als belgischer Flüchtling nach England und wohnte in »Leastways«, einem Landhaus in Styles St. Mary, das Emily Inglethorp gehörte, mit deren Tod die Poirot-Saga begann. Bei der Untersuchung dieses Falles traf Poirot auch Hastings und Japp wieder. Hastings schrieb in seinem Bericht *(Das fehlende Glied in der Kette)*:

»Poirot war ein ungewöhnlich aussehender kleiner Mann, kaum größer als einen Meter zweiundsechzig, aber er hatte Haltung. Sein Kopf war eiförmig, und er neigte ihn immer ein wenig zur Seite. Sein Schnurrbart war sehr steif und militärisch. Er legte unglaublich viel Wert auf saubere Kleidung. Ich glaube, ein Staubkörnchen hätte ihm mehr Pein bereitet als eine Schußwunde.«

Später – in *Der Mord auf dem Golfplatz* – schilderte Hastings Poirots Arbeitsweise: »Ordnung und Methode waren seine Götter. Er hegte eine gewisse Verachtung für konkrete Indizien wie Fußabdrücke und Zigarettenasche und pflegte zu behaupten, sie allein würden es einem Detektiv niemals ermöglichen, einen Fall zu lösen. Dann tippte er sich mit absurder Selbstzufriedenheit an seinen eiförmigen Schädel und sagte mit großer Genugtuung: ›Die eigentliche Arbeit geschieht hier drinnen. Die kleinen grauen Zellen – denken Sie immer an die kleinen grauen Zellen, *mon ami*!‹«

Nach dem *Fehlenden Glied in der Kette* lebten Poirot und Hastings in London. Sie zogen in eine gemeinsame Wohnung in der Farraway Street 14, und Poirot machte sich auch hier als Privatdetektiv bald einen Namen. Einige Jahre nachdem Hastings Dulcie Duveen geheiratet hatte und nach Argentinien ausgewandert war, begann Poirot in Sachen *Die großen Vier* zu ermitteln – für ihn der größte Fall seines Lebens, wie er sagte. Dabei wurde Achille Poirot, sein Bruder, getötet, stellvertretend für den berühmten Detektiv, in dessen Rolle er geschlüpft war.

Später zog sich Poirot nach »The Larches« in King's Abbot zurück, wo er den Mord an Roger Ackroyd aufklärte *(Alibi)*. Aber der Ruhestand behagte ihm nicht, und er kehrte nach London zurück. Er mietete eine Wohnung in den »Whitehaven Mansions«, einer modernen Wohnanlage, die ihm wegen ihrer Symmetrie und der exakten Proportionen besonders gefiel. Und bald war er wieder als Privatdetektiv tätig. Damals begann der unerschütterliche Kammerdiener

George für ihn zu arbeiten. Später stellte Poirot noch Miss Felicity Lane ein, die vorher bei dem Lebensberater Parker Pyne gewesen war.
Papa Poirot – wie er sich gern nannte – mit den

scharfen, vogelähnlichen Augen, die eine grünliche Färbung annahmen, wenn er sich konzentrierte, wurde der Liebling der Londoner Gesellschaft. Das Klatschblatt *Society Gossip* berichtete sogar über seine Grippeerkrankungen. Man sah ihn in den besten Restaurants und teuersten Hotels, untadelig gekleidet, mit spitzen schwarzen Lackschuhen, gestreifter Hose, Jacke, Weste und seiner großen zwiebelförmigen Taschenuhr, einem Familienerbstück, ohne das er nie das Haus verließ. Seine verschrobene Redeweise, die vielen französischen Ausdrücke, mit denen er sein gestelztes Englisch würzte, und sein hinreißender Mangel an Bescheidenheit waren sein Markenzeichen. Mit Gräfin Vera Rossakoff, der großen Liebe seines Lebens, verband ihn eine drei Jahrzehnte dauernde Herzensaffäre.

Der Tod ereilte Poirot in »Styles Court«, das inzwischen in ein Gästehaus umgewandelt worden war. Poirot, von heftiger Arthritis geplagt, war zum Schauplatz seines ersten großen Triumphes zurückgekehrt, um seinen letzten und psychologisch interessantesten Fall zu lösen: *Vorhang*. Hastings war wieder einmal dazugestoßen, und an den Freund war auch der Brief gerichtet, in dem Poirot die wichtigsten Punkte des Falles erläuterte. Er schloß mit den Worten: »Wir werden nie mehr zusammen auf die Jagd gehen, mein Freund. Unsere erste Jagd fand hier statt – und auch unsere letzte. Es waren schöne Zeiten.«

Hercule Poirot spielt in 33 Kriminalromanen und 50 -erzählungen die Hauptrolle.

Agatha Christie über Hercule Poirot:

Wen sollte ich mir als Detektiv zulegen? Ich ließ alle Detektive Revue passieren, die ich in Büchern kennengelernt und bewundert hatte. Ich dachte an Sherlock Holmes, den Unerreichten – es ihm gleichzutun würde ich niemals imstande sein; ich dachte an Arsène Lupin – war er Detektiv oder Verbrecher? Wie auch immer: nicht mein Fall. Ich dachte an den jungen Journalisten Rouletabille in *Das Geheimnis des gelben Zimmers* – das war die Persönlichkeit, die ich gern erfunden hätte: eine Gestalt, die noch nie verwendet worden war. Wer kam da in Frage? Ein Schuljunge? Ziemlich schwierig. Ein Wissenschaftler? Was wußte ich von Wissenschaftlern? Dann erinnerte ich mich an unsere belgischen Flüchtlinge ...
Warum keinen Belgier aus meinem Detektiv machen? Es gab alle Arten von Flüchtlingen. Wie wäre es, dachte ich, mit einem geflohenen Kriminalbeamten? Einem pensionierten Kriminalbeamten? Nur nicht zu jung! Welch großen Fehler habe ich damals begangen! Die Folge ist, daß mein erfundener Detektiv heute schon weit über hundert Jahre alt sein muß.
Ich entschloß mich endgültig für einen belgischen Detektiv. Ich ließ ihn langsam in seine Rolle hineinwachsen. Er sollte Inspektor sein, um schon über eine gewisse Erfahrung in der Verbrechensbekämpfung zu verfügen. Er würde sehr ordentlich, sehr exakt sein, ein Mann, der Dinge zurechtrückte, sie paarweise anordnete, der eckige Formen lieber hatte als runde. Er sollte sehr intelligent sein – sollte eine Menge kleiner grauer Zellen im Kopf haben – eine Menge kleiner grauer Zellen, das war gut, das mußte ich mir merken. Er würde einen eher großartigen Namen tragen – einen von diesen Namen, wie Sherlock Holmes und

seine Familie sie hatten. Wie hatte sein Bruder geheißen? Nycroft Holmes.
Wie wäre es, wenn ich meinen kleinen Mann Hercule nennen würde? Denn er würde ein kleiner Mann sein. Hercule: das wäre ein guter Name. Sein Nachname war schon schwieriger. Ich weiß nicht mehr, wie ich auf Poirot kam...

Zitat aus: *Meine gute alte Zeit*, Scherz Verlag

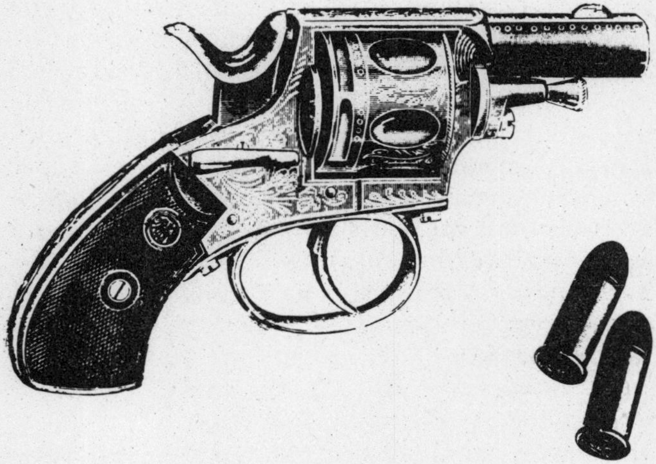

Arthur Hastings

Steckbrief

Captain Arthur Hastings, Träger des Ordens des Britischen Empire (was einer Erhebung in den Adelsstand entspricht), war mit Dulcie Duveen verheiratet und hatte zwei Töchter, Grace und Judith, und zwei Söhne. Er war Hercule Poirots Watson, sein langjähriger treuer Freund, sein Verbündeter, Vertrauter und der Chronist einiger der bedeutendsten Mordfälle, die der belgische Detektiv klärte.

Im Ersten Weltkrieg, im Juli 1916, hatte Hastings einen längeren Genesungsurlaub bekommen und traf zufällig seinen Jugendfreund John Cavendish, der ihn nach »Styles Court« einlud. Dort begegnete er Hercule Poirot wieder, den er vor dem Krieg kennengelernt hatte, als er bei der Londoner Versicherungsfirma Lloyd arbeitete. Damals war Poirot bereits ein bekannter Privatdetektiv. Im September 1916 trat Hastings seinen neuen Dienst im Rekrutierungsbüro des Londoner Kriegsministeriums an und wurde später, nachdem er bei der Rettung von Premierminister David MacAdam mitgewirkt hatte *(Der entführte Premierminister)*, Privatsekretär eines Parlamentsabgeordneten.

In London zogen Hastings und Poirot in eine Wohnung in der Farraway Street 14 und klärten eine Menge Mordfälle gemeinsam. Während der Ereignisse um den *Mord auf dem Golfplatz* lernte Hastings seine zukünftige Frau kennen – Dulcie Duveen. Nachdem sie geheiratet hatten, wanderten sie nach Argentinien aus und wurden Verwalter einer Ranch, die Jack Renauld gehörte. Hastings kehrte allerdings oft nach

England zurück, um seinem alten Freund bei der Aufklärung eines Verbrechens zu helfen. Während Poirots letztem Fall *Vorhang* wohnten die beiden Freunde auf »Styles Court«, das ein Gästehaus geworden war und wo die Poirot-Saga begonnen hatte.
Poirot äußerte einmal, daß Hastings »manchmal so dumm sei, daß man Angst bekommen könne«. Er leide unter einem »beklagenswerten Mangel an Ordnung und Methode«. Trotzdem respektierte er Hastings, der – so Poirots eigene Worte – »eine Begabung hat, aus Versehen über die Wahrheit zu stolpern – ohne es selbst zu merken«.
»Ihr Verstand gibt wie ein Spiegel genau das wider, was der Verbrecher mich glauben machen will«, sagte Poirot einmal zu seinem Freund. »Das ist schrecklich nützlich und aufschlußreich.«
Hastings konnte sich sehr rasch für eine Frau begeistern, und Poirot fand, daß er das Blut eines Türken habe und sich besser einen Harem zulegen solle.
Hastings tritt in acht Kriminalromanen und 21 Erzählungen auf.

Der Tod auf dem Nil

Szenenausschnitt

Hercule Poirot wusch sich gerade den letzten Schaum von seinem frischrasierten Gesicht, als er ein kurzes Klopfen an seiner Tür hörte, und bevor er noch »herein« sagen konnte, betrat Oberst Race seine Kabine. Er schloß die Tür hinter sich. »Ihr Instinkt hat Sie nicht getrogen«, sagte er ohne Einleitung. »Es ist passiert.«
Poirot richtete sich auf und fragte ungeduldig: »Was ist passiert?«
»Linna Doyle ist tot. Sie starb durch einen Kopfschuß – heute nacht.«
Poirot sah ihn schweigend an. Zwei Bilder zeichneten sich deutlich vor seinem geistigen Auge ab: ein Mädchen in einem Garten in Assuan, das mit einer harten, atemlosen Stimme sagt: »Ich fürchte manchmal ... daß ich meine geliebte kleine Pistole an ihre Schläfe setze – und abdrücke ...« Und das zweite – dasselbe Mädchen, das sagt: »Es war die Sorte Tag, wo es plötzlich einen Knacks gibt. Irgend etwas zerspringt! Man kann nicht mehr weiter ...« Und dann jener unerwartete, flehende Blick. Was war mit ihm los gewesen, daß er darauf nicht reagiert hatte? Er mußte vor Müdigkeit blind und taub gewesen sein.
Race fuhr fort: »Da ich in einer halboffiziellen Mission hier bin, hat man mich hinzugezogen. Das Schiff sollte fahrplanmäßig in einer halben Stunde ablegen, aber man wird mit der Abfahrt warten müssen, bis ich meine Erlaubnis gebe. Es besteht immer die Möglichkeit, daß der Mörder vom Festland stammt.«
Poirot schüttelte stumm den Kopf.

Race nickte. »Sie haben recht, diese Möglichkeit kann man mehr oder minder ausschalten. Nun, mein Lieber, was gedenken Sie zu tun? Es ist Ihr Fall.«
Poirot hatte seine Toilette mit bemerkenswerter Behendigkeit beendet. »Ich stehe zu Ihrer Verfügung«, sagte er.
Die beiden Männer traten an Deck.
Auf dem Dampfer gab es vier Luxuskabinen mit eigenem Bad. Eine von ihnen – auf der Backbordseite – hatte Dr. Bessner inne, die andere Andrew Pennington. Die erste auf der Steuerbordseite war von Miss van Schuyler belegt und die nächste von Linna Doyle. Die Ankleidekabine ihres Mannes lag gleich daneben.
Ein bleicher Steward stand vor der Tür von Linna Doyles Kabine. Er öffnete, und sie traten ein. Dr. Bessner stand gebückt vor dem Bett. Er richtete sich auf und grunzte, als sie eintraten.

»Was können Sie uns über die Angelegenheit sagen, Doktor?« fragte Race.
Bessner strich sich nachdenklich über sein unrasiertes Kinn. »Sie wurde aus nächster Nähe erschossen. Genau über dem Ohr ist die Kugel eingedrungen, ein sehr kleines Kaliber. Ich würde sagen, eine Zweiundzwanziger. Die Waffe wurde nahe an den Kopf gehalten, sehen Sie hier, diese dunkle Stelle. Die Haut ist versengt.«
Poirot erinnerte sich wieder an die Worte, die er in Assuan gehört hatte, und einen Augenblick war ihm elend zumute.
Bessner fuhr fort: »Sie schlief, es gab keinen Kampf. Der Mörder hat sich im Schutz der Dunkelheit eingeschlichen und sie erschossen, in der gleichen Lage, in der sie sich jetzt befindet.«
»Ah, *non*!« rief Poirot aus. Das Ganze widersprach seiner psychologischen Erfahrung. Jacqueline de Bellefort, wie sie sich in eine dunkle Kabine einschleicht, mit der Waffe in der Hand – nein, das paßte ganz und gar nicht zu ihr.
Bessner starrte ihn durch seine dicken Brillengläser an. »Aber das ist der Tatbestand, glauben Sie mir!«
»Sie haben mich mißverstanden; ich habe Ihnen nicht widersprochen. Ich habe an etwas anderes gedacht.«
Bessner stieß ein befriedigtes Grunzen aus.
Poirot trat neben ihn. Linna Doyle lag auf der Seite in einer normalen, entspannten Lage. Über ihrem Ohr war ein kleines, blutverkrustetes Loch. Er schüttelte traurig den Kopf. Da fiel sein Blick auf die Wand ihm gegenüber, und er schnappte hörbar nach Luft. Die saubere weiße Fläche war durch ein hingekritzeltes J in bräunlichroter Farbe verunziert. Er starrte den Buchstaben an, dann beugte er sich über die Tote und hob behutsam ihre rechte Hand hoch. An einem

Finger war ein bräunlichroter Flecken. *»Nom d'un nom d'un nom!«* rief er.

»Was ist?« fragte Dr. Bessner und hob den Kopf. »Ach, das!«

Race sagte: »Und was bedeutet der Buchstabe Ihrer Meinung nach, Poirot?«

Poirot wippte auf den Zehen. »Was er bedeutet? Nun, das scheint mir ziemlich klar zu sein. Madame Doyle liegt im Sterben, sie will den Mörder bezeichnen, und so schreibt sie mit dem Finger, den sie in ihr eigenes Blut taucht, den Anfangsbuchstaben seines Namens. Höchst einfach, nicht wahr?«

Dr. Bessner wollte etwas sagen, doch Race schnitt ihm mit einer energischen Geste das Wort ab. »So legen Sie das also aus.«

Poirot drehte sich zu ihm um und nickte. »Ja, es ist, wie ich sagte, höchst einfach. Und es kommt einem direkt vertraut vor, finden Sie nicht? Ein beliebter Trick von Kriminalschriftstellern! Allmählich schon ein wenig *vieux jeu*. Es bringt einen auf den Gedanken, daß unser Mörder altmodisch ist!«

»Ich verstehe...«, sagte Race und pfiff durch die Zähne. »Zuerst dachte ich...«

»Daß ich auf jedes melodramatische Klischee hereinfalle?« unterbrach ihn Poirot mit einem flüchtigen Lächeln. »Aber entschuldigen Sie, Dr. Bessner, was wollten Sie gerade sagen?«

»Daß Ihre Theorie absurd ist! Völlig unsinnig! Die arme Frau starb sofort. Sie konnte nicht mehr ihren Finger in ihr Blut tauchen und einen Buchstaben an die Wand malen, Sie sehen selbst, daß sie kaum geblutet hat. Das Ganze ist Unsinn.«

»C'est de l'enfantillage«, stimmte Poirot zu.

»Aber es wurde zu einem gewissen Zweck getan«, sagte Race.

»Zweifellos«, erwiderte Poirot mit ernster Miene.
»Und was bedeutet es?« fragte Race.
Poirot antwortete prompt. »Es soll auf Jacqueline de Bellefort hindeuten. Sie ist eine junge Dame, die mir vor weniger als einer Woche erklärte, daß sie nichts lieber täte als ...« Er brach ab und zitierte dann: »... als ihre geliebte kleine Pistole an Mrs. Doyles Schläfe zu setzen – und abzudrücken ...«
»Um Gottes willen!« rief Dr. Bessner.
Einen Moment schwiegen alle drei, dann holte Race tief Luft und sagte: »Und genau das ist hier geschehen.«
Bessner nickte. »Ja, es war eine sehr kleinkalibrige Waffe, wie Sie sagen, vermutlich eine Zweiundzwanziger. Genau wissen können wir es natürlich erst, wenn wir die Kugel entfernt haben.«
Race nickte. »Und wann, meinen Sie, ist der Tod eingetreten?« fragte er.

Bessner fuhr sich wieder übers Kinn. »Mit Bestimmtheit kann ich es nicht sagen. Aber ich würde denken, unter Berücksichtigung der Nachttemperatur, daß der Tod vermutlich vor sechs Stunden und nicht länger als vor acht Stunden eintrat.«

»Das heißt, zwischen Mitternacht und zwei Uhr morgens.«

Bessner nickte.

Nach kurzem Schweigen fragte Race: »Der Ehemann schläft vermutlich in der Nebenkabine?«

»Im Moment schläft er in meiner Kabine«, antwortete Dr. Bessner. Die beiden Männer sahen ihn verblüfft an. »Oh, wie ich sehe, hat Ihnen noch niemand erzählt, daß gestern abend im Salon auf Mr. Doyle geschossen wurde«, fügte Dr. Bessner erklärend hinzu.

»Und wer hat auf ihn geschossen?«

»Die junge Dame – Miss de Bellefort.«

Race fragte scharf: »Ist er schwer verletzt?«

»Der Knochen ist gesplittert. Ich habe alles getan, was unter den gegebenen Umständen möglich ist, aber der Bruch muß selbstverständlich schnellstens geröntgt und sachgemäß behandelt werden, was hier auf dem Schiff unmöglich ist.«

Poirot murmelte: »Jacqueline de Bellefort.« Seine Augen wanderten wieder zu dem J an der Wand.

Race meinte abrupt: »Wenn es hier nichts mehr für uns zu tun gibt, sollten wir nach unten gehen. Der Kapitän hat uns den Rauchsalon zur Verfügung gestellt. Wir müssen genau herausbekommen, was heute nacht geschah.«

Sie verließen die Kabine. Race schloß ab und steckte den Schlüssel ein. »Wir können später zurückkommen«, sagte er. »Aber zuerst müssen wir den genauen Tatbestand feststellen.«

Sie gingen ein Deck tiefer, wo der Kapitän der »Karnak« schon auf sie wartete. Der arme Mann war völlig außer sich und offensichtlich nur zu froh, die ganze Angelegenheit Oberst Race zu übergeben. »Ich wäre Ihnen dankbar, wenn Sie sich der Sache annehmen könnten, Oberst«, sagte er. »Besonders nachdem ich weiß, daß Sie in offizieller Mission an Bord sind. Ich habe den Befehl, mich zu ihrer Verfügung zu halten. Aber das betraf eine andere Sache. Bitte, sagen Sie mir, was Sie wünschen, und ich werde meinen Leuten dementsprechende Anweisungen geben.«

»Vielen Dank, mein Bester. Zunächst einmal möchte ich, daß dieser Raum für Monsieur Poirot und mich reserviert bleibt, bis wir unsere Untersuchungen abgeschlossen haben.«

»Aber gewiß.«

»Das ist vorerst alles. Sollte ich noch weitere Bitten haben, weiß ich ja, wo Sie zu finden sind.«

Der Kapitän verließ offensichtlich erleichtert den Raum.

Race sagte: »Setzen Sie sich, Dr. Bessner, und erzählen Sie genau, was passiert ist.«

Agatha Christie über sich selbst

Der Anfang

Als ich anfing Detektivgeschichten zu schreiben, war es meine Sache nicht, den Übeltäter an den Pranger zu stellen oder ernsthaft über Verbrechen nachzudenken. Die Detektivgeschichte war die Geschichte einer Jagd, und sie hatte auch eine Moral; sie war tatsächlich nichts anderes als die klassische Jedermann-Moralität, die Niederlage des Bösen und der Sieg des Guten. Zur Zeit des Ersten Weltkriegs war der Übeltäter kein Held – damals sonnten wir uns noch nicht in psychologischen Erklärungen. Wie alle, die Bücher schrieben oder Bücher lasen, war auch ich *gegen* den Verbrecher und *für* das unschuldige Opfer.

Die Freude am Schreiben

Eine der Freuden, die das Schreiben von Detektivgeschichten bietet, besteht darin, daß es so viele Arten gibt, die man wählen kann: den heiteren Thriller, höchst vergnüglich zu schreiben; die raffiniert ausgeklügelte Detektivgeschichte mit einer komplizierten Handlung – sie ist technisch interessant, erfordert viel Arbeit, wird aber immer lesenswert sein; und schließlich die Detektivgeschichten, die von einer Art Leidenschaft geprägt sind – von dem leidenschaftlichen Verlangen, dem Unschuldigen zur Seite zu stehen.

Kein gottbegnadetes Genie

Man sollte sich nicht mit der Überzeugung an die Schreibmaschine setzen, ein gottbegnadetes Genie zu sein – das sind nur wenige. Nein, man ist Handwerker – ein Handwerker, der eine gute, ehrliche Arbeit leistet. Man muß die technischen Fertigkeiten erwerben; erst dann ist es möglich, innerhalb eines Handwerks schöpferische Ideen zu verwirklichen. Aber der Autor muß sich der Disziplin der Form unterwerfen.

Was ich mag, was ich nicht mag

Was ich mag: Sonnenschein, Äpfel, so gut wie jede Art von Musik, Eisenbahnzüge, Zahlenrätsel und alles, was mit Zahlen zu tun hat, ans Meer fahren, baden und schwimmen, Stille, schlafen, träumen, essen, das Aroma von Kaffee, Maiglöckchen, die meisten Hunde und Theaterbesuche.
Was ich nicht mag: Menschenansammlungen, Gedränge, laute Stimmen, Lärm, langes Geschwätz, Partys, insbesondere Cocktailpartys, Zigarettenrauch und Rauchen im allgemeinen, Alkohol, Marmelade, Austern, lauwarmes Essen, einen grauen Himmel, Vogelfüße und überhaupt das Berühren eines Vogels. Ganz besonders hasse ich den Geruch und Geschmack heißer Milch.

Was mich besonders beeindruckt hat

Ich will es gleich gestehen: Von den zwei Dingen, die mich in meinem Leben mehr als alles sonst beeindruckt haben, war das erste mein Wagen. Mein grauer, stupsnasiger Morris Cowley.
Das zweite war, als ich etwa vierzig Jahre später mit der Königin im Buckingham-Palast dinierte.

Beide Geschehnisse hatten etwas von einem Märchen an sich. Es waren Dinge, die ich niemals mit mir in Zusammenhang gebracht haben würde; einen eigenen Wagen zu besitzen und mit der Königin von England zu dinieren. Es war fast so schön, wie wenn ich als Lady Agatha zur Welt gekommen wäre...

Die Begabung

Man fragt sich, wo diese Dinge herkommen – ich meine jene, die man glaubt, schreiben zu müssen. Sie kommen, denke ich, in Augenblicken, da man sich Gott am nächsten fühlt, da einem erlaubt ist, ein wenig teilzuhaben an der Herrlichkeit der Schöpfung. Man befindet sich im Einklang mit dem Allmächtigen – wie an einem siebenten Tag, wo man sieht, daß es gut ist, was man geschaffen hat.

Zur Person

Ich bin keine gewandte Gesprächspartnerin und werde es nie sein; ich bin so leicht beeinflußbar, daß ich allein sein muß, um zu überlegen, was ich denken oder tun soll. Ich kann nicht zeichnen; ich kann nicht malen; ich kann nicht modellieren oder sonst irgendwie bildhauerisch tätig sein; wenn ich mich beeile, werde ich nervös; es fällt mir schwer, in Worte zu kleiden, was ich sagen will – schreiben geht leichter. Ich kann zu meiner Meinung stehen, wenn es um Prinzipielles geht, aber sonst nicht. Ich weiß, daß morgen Dienstag ist, aber wenn mir jemand mehr als viermal versichert, daß morgen Mittwoch ist, bin ich überzeugt, daß morgen Mittwoch ist, und ich werde mich dementsprechend verhalten.

Die Leidenschaft für Häuser

Häuser sind schon immer meine Leidenschaft gewesen – es gab eine Zeit in meinem Leben kurz vor Ausbruch des Zweiten Weltkrieges, da war ich stolze Eigentümerin von acht Häusern. Es war meine Passion geworden, heruntergekommene, ramponierte Häuser in London aufzukaufen, umbauen zu lassen, zu sanieren und neu einzurichten.

Woher die Einfälle kommen

Und schon am nächsten Tag sah ich in der Straßenbahn genau das, was ich haben wollte: einen Mann mit einem schwarzen Bart, der neben einer älteren Dame saß, die unaufhörlich schnatterte. Mit ihr würde ich wohl nichts anfangen können, er hingegen paßte wunderbar in mein Konzept. Ein paar Sitze weiter saß eine gemütliche korpulente Frau, die sich laut und wortreich über Blumenzwiebeln verbreitete. Auch sie gefiel mir. Konnte ich sie vielleicht in die Handlung einbeziehen? Als ich ausstieg, nahm ich sie alle drei mit, um an ihnen zu arbeiten.

Wie ein Kriminalroman entsteht

Es ist immer das gleiche. Ich vergesse nur immer wieder, wie es das letzte Mal war. Dieses graue Elend, diese Verzweiflung, diese absolute Unfähigkeit, auch nur etwas halbwegs Schöpferisches zu leisten! Aber wie es scheint, muß diese Phase seelischer Zerrissenheit überwunden werden. Es fällt mir nichts ein, und wenn ich ein Buch zur Hand nehme, kann ich es nicht richtig lesen. Setze ich mich über ein Kreuzworträtsel, kann ich mich nicht darauf kon-

zentrieren; ein Gefühl lähmender Hoffnungslosigkeit überkommt mich.
Und dann höre ich plötzlich und ohne bestimmten Anlaß eine imaginäre Startpistole knallen. Ich beginne zu funktionieren, ich weiß, daß es losgeht, daß der Nebel zerreißt. Ich weiß mit einem Mal ganz genau, was A zu B sagen wird. Ich gehe aus dem Haus, die Straße hinunter, rede laut mit mir selbst, wiederhole das Gespräch, das Maud mit Alywin führen wird, sehe die beiden vor mir, sehe den Mann, der hinter einem Baum lauert und sie belauscht, sehe den toten Fasan auf dem Boden, der Maud daran erinnert, daß sie etwas vergessen hat. Und ich platze fast vor Freude, wenn ich nach Hause komme; ich habe zwar noch keine Zeile geschrieben, aber ich bin siegessicher und ich bin *da*.

Das Reisen

Man tritt von einem Leben in ein anderes. Man ist man selbst, aber ein anderes Selbst. Dieses neue Selbst ist frei von den Hunderten Spinnweben und Fäden, die einen in den Kokon häuslichen Alltagslebens einspinnen: Briefe schreiben, Rechnungen bezahlen, Hausarbeiten verrichten, Freunde besuchen, Fotos entwikkeln, Kleider flicken, Kinderfrauen und Dienstpersonal beschwichtigen, Kaufleute und Handwerker zur Ordnung rufen. Das Reiseleben hat das Wesen eines Traumes. Es ist von Personen bevölkert, die man nie zuvor gesehen hat und in aller Wahrscheinlichkeit auch nie wiedersehen wird. Gelegentlich birgt es Heimweh und das sehnsüchtige Verlangen, einen geliebten Menschen wiederzusehen.

Über die Schriftsteller

Ich sehe nicht ein, warum sich Schriftsteller in der Öffentlichkeit betätigen sollten – es gehört nicht zu ihrem Handwerk. Es gibt viele Berufe, für die persönliches Auftreten und *public relations* wichtig sind – für Schauspieler zum Beispiel oder für Persönlichkeiten des öffentlichen Lebens. Schriftsteller haben zu schreiben, nichts weiter. Es sind schüchterne und reservierte Geschöpfe – sie bedürfen der Ermutigung.

Das Gedächtnis

... Ich weiß nicht, warum mein Erinnerungsvermögen für Orte so gut und für Menschen so schlecht ist. Vielleicht kommt es daher, daß ich weitsichtig bin. Ich bin immer weitsichtig gewesen, so daß Menschen mir nur skizzenhaft sichtbar werden, weil sie sich in meiner Nähe aufhalten und bewegen; Orte kann ich genauer sehen, weil sie weiter von mir entfernt sind.

Das Alter

Ich habe die zweite Blüte genossen, die sich einstellt, wenn man das Leben der Gefühle und Beziehungen beendet hat und ganz plötzlich – vielleicht mit fünfzig Jahren – feststellt, daß sich einem ein völlig neues Leben öffnet, voll von Dingen, über die man nachdenken oder lesen kann, die man studieren kann... Es ist, als steige ein frischer Saft von Ideen und Gedanken in einem hoch. Damit geht natürlich die Strafe des zunehmenden Alters einher – die Tatsache, daß man fast immer irgendein Weh-

wehchen hat... Ich glaube, in diesen Jahren ist man für das Geschenk des Lebens dankbarer und genießt es mehr als jemals zuvor. Dieses zweite Leben hat etwas von der Realität und Intensität von Träumen – und ich finde Träumen immer noch herrlich.

Zitate aus: Agatha Christie, *Meine gute alte Zeit*, Scherz Verlag

Die Welt der Agatha Christie

Mehr als siebentausend Akteure erfand Agatha Christie für ihre Kriminalromane, Stories und Theaterstükke: alte und junge, arme und reiche, schöne und häßliche, kluge und dumme, böse und gute, männliche und weibliche.
Etwa zweitausend ihrer Figuren sind mehr als nur Statisten und spielen kleine und große Rollen. Alles in allem also die Bevölkerung einer Kleinstadt, mit Menschen, wie es sie nicht nur in England gibt.
Es sind: 66 Kriminalromane, 144 Stories, 15 Theaterstücke.
Die beiden bekanntesten Detektive: Hercule Poirot, Belgier: 33 Romane, 50 Stories. Miss Jane Marple, Engländerin: 12 Romane, 21 Stories.
Im Guinness-Buch der Rekorde steht über Agatha Christie:
Die meistgekaufte Schriftstellerin war (und ist zweifellos auch jetzt, nach ihrem Tod, noch) die Engländerin Agatha Christie, geb. Miller, spätere Lady Mallowan (1890–1976), deren Kriminalromane die 300-Mio.-Auflage erreichten und in 103 Sprachen übersetzt wurden.

Das Böse unter der Sonne
oder Rätsel um Arlena

Szenenausschnitt

Etwa fünf Minuten später fragte Patrick Redfern Miss Brewster: »Rudern Sie heute vormittag wieder? Hätten Sie was dagegen, wenn ich mitkäme?«
»Ich würde mich darüber sehr freuen«, antwortete Miss Brewster herzlich.
»Rudern wir rund um die Insel«, schlug Redfern vor.
Miss Brewster warf einen Blick auf ihre Uhr. »Reicht die Zeit denn aus? Ja, es ist noch nicht mal halb zwölf. Kommen Sie!«
Die beiden liefen zum Boot. Patrick Redfern nahm die

Ruder. Er hatte einen kräftigen Schlag. Das Boot schoß vorwärts.
»Sehr gut«, sagte Emily Brewster lobend. »Mal sehen, ob Sie das durchhalten.«
Er lachte sie an. Seine Stimmung hatte sich gebessert. »Wenn wir zurückkommen, werde ich eine Menge Blasen haben.« Er reckte den Kopf und warf das Haar zurück. »Mein Gott, was für ein schöner Tag. Wenn man einen richtigen englischen Sommertag erwischt – der ist unvergleichlich.«
»Meiner Ansicht nach ist England in jeder Beziehung unvergleichlich. Der einzige Fleck auf der Welt, wo man leben kann.«
»Da bin ich ganz Ihrer Meinung.«
Sie umrundeten die westliche Buchtspitze und ruderten unter den Klippen entlang. Patrick Redfern blickte hoch. »Ist jemand auf der Sonnenklippe? Ja, ich sehe einen Sonnenhut. Wer ist das wohl?«
»Das muß Miss Darnley sein«, antwortete Emily Brewster. »Sie trägt so ein flaches japanisches Ding.«
Sie ruderten weiter die Küste entlang. Zu ihrer Linken lag die offene See.
»Wir hätten andersherum rudern sollen. Jetzt haben wir die Strömung gegen uns.«
»Sie ist nicht sehr kräftig. Ich bin mal bis hierhergeschwommen und habe sie nicht gemerkt. Außerdem hätten wir nicht in entgegengesetzter Richtung rudern können, weil der Damm jetzt noch nicht unter Wasser ist.«
»Natürlich. Das hängt von der Flut ab. Aber man sagt, daß es gefährlich ist, in der Feenbucht zu baden. Man soll nicht zu weit hinausschwimmen.«
Patrick ruderte kräftig weiter, wobei er die ganze Zeit über die Felsen im Auge behielt.
Er sucht nach dieser Marshall, dachte Emily Brewster

plötzlich. Deshalb wollte er mitkommen. Sie ist heute vormittag nicht aufgetaucht, und er möchte wissen, was sie treibt. Sicherlich hat sie ihn mit Absicht versetzt. Nichts als ein Schachzug – damit er noch verrückter auf sie wird.
Sie umruderten den Felsvorsprung am Südende der Bucht. Sie war ziemlich klein, mit großen Felsen, die hier und da aus dem Sand ragten. Die Bucht lag nach Nordwesten, und die Klippen hingen an mehreren Stellen weit über. Es war ein beliebter Picknickplatz. Am Morgen, wenn die Sonne nicht hinschien, war die Bucht nicht gefragt. Dann kam selten jemand her.
Heute jedoch lag eine Gestalt dort.
Patrick Redfern hörte einen Augenblick zu rudern auf.
»Hallo, wer ist denn das?« fragte er in gezwungen harmlosem Ton.
»Sieht mir wie Mrs. Marshall aus«, entgegnete Miss Brewster trocken.
»Ja, tatsächlich«, sagte Redfern, als sei ihm das gerade erst aufgefallen. Mit einem kurzen Paddelschlag änderte er den Kurs und ruderte auf den Strand zu.
»Wir wollen dort doch nicht anlegen?« protestierte Miss Brewster.
»Ach, wir haben noch Zeit genug«, antwortete Redfern rasch. Sein flehender Blick erinnerte Miss Brewster an einen bettelnden Hund. Sie brachte es nicht übers Herz, weiteren Einspruch zu erheben. Sie schwieg.
Armer Kerl, den hat's aber erwischt, dachte sie. Na ja, man kann nichts dagegen tun. Mit der Zeit kommt er schon drüber weg.
Das Boot schoß auf den Strand zu.
Arlena Marshall lag mit dem Gesicht nach unten auf dem groben Sand, die Arme ausgestreckt. Das weiße Floß hatte sie neben sich aufs Trockene gezogen.
Irgend etwas beunruhigte Emily Brewster. Sie hatte

das Gefühl, als blicke sie auf jemanden, den sie genau kenne, und doch war da etwas, das nicht stimmte. Es dauerte ein paar Augenblicke, bis sie erkannte, was es war.
Arlena Marshall lag da, als würde sie sich sonnen. Miss Brewster hatte sie oft am Hotelstrand so gesehen, den gebräunten Körper wohlig ausgestreckt, den spitzen grünen Papphut auf dem Kopf, um das Haar vor der Sonne zu schützen.
Aber jetzt schien die Sonne noch nicht in die Feenbucht. Es würde noch ein paar Stunden dauern, bis sie kam. Die überhängenden Felsen machten morgens lange Schatten. Eine böse Vorahnung beschlich Miss Brewster.
Das Boot knirschte auf dem Sand. Patrick Redfern rief: »Hallo, Arlena!«
Und dann nahm Emily Brewsters böse Vorahnung festere Formen an, denn die ausgestreckte Gestalt rührte sich nicht und antwortete auch nicht.
Emily Brewster beobachtete, wie sich Patrick Redferns Gesichtsausdruck veränderte. Er sprang aus dem Boot. Miss Brewster folgte ihm. Sie zogen es an Land, in die Nähe der Gestalt, die still und regungslos unter den Klippen lag.
Patrick Redfern war zuerst bei ihr, aber Miss Brewster folgte ihm dicht auf den Fersen.
Es war wie in einem Traum – sie sah die braunen Arme und Beine, den tiefausgeschnittenen weißen Badeanzug, die rotbraunen Locken, die unter dem grünen Hut hervorquollen. Und Miss Brewster sah noch etwas – den seltsam abgewinkelten Arm. Im selben Augenblick erkannte sie, daß die Gestalt sich nicht einfach hingelegt hatte, sondern von jemand gewaltsam in den Sand gedrückt worden war.
Sie hörte Patrick Redferns Stimme – es war nicht mehr

als ein erschrockenes Flüstern. Er kniete neben der leblosen Gestalt, berührte eine Hand, einen Arm ...
»Mein Gott, sie ist tot!« sagte er leise und erschauerte. Sein Blick glitt zu ihrem Nacken. »Mein Gott, sie wurde erwürgt ...«, stotterte er. »Ermordet ...«
Es war einer jener Augenblicke, wo die Zeit stillzustehen scheint. Mit einem seltsamen Gefühl der Unwirklichkeit hörte Emily Brewster sich sagen: »Wir dürfen nichts berühren. Erst muß die Polizei kommen ...«
»Nein – nein, natürlich nicht«, antwortete Redfern automatisch und fügte gepeinigt hinzu: »Wer? Warum? Wer konnte so etwas tun?« Er war völlig verstört. »Sie kann doch nicht – sie kann doch nicht ermordet worden sein. Nein, das ist nicht wahr!«
Emily Brewster schüttelte nur den Kopf. Sie wußte nicht, was sie sagen sollte. Sie hörte, wie er tief Luft holte. Dann stöhnte er mit unterdrückter Wut: »Mein Gott, wenn ich den gemeinen Kerl in die Finger kriege ...«
Emily Brewster kroch es kalt den Rücken hinauf. Im

Geist sah sie den Mörder hinter irgendeinem Felsen lauern. Dann sagte sie nachdrücklich: »Wer es auch getan hat – er ist bestimmt nicht mehr hier. Wir müssen die Polizei holen. Eigentlich«, sie zögerte, »eigentlich sollte einer von uns bei der Toten bleiben.«
»Ich bleibe bei ihr«, sagte Redfern.
Emily Brewster stieß einen erleichterten Seufzer aus. Sie gehörte nicht zu den Frauen, die zugaben, daß sie Angst hatten, aber insgeheim war sie froh, daß sie nicht allein in der Bucht bleiben mußte. Schließlich bestand immer noch die schwache Möglichkeit, daß der Täter in der Nähe war.
»Gut«, sagte sie. »Ich mache so schnell, wie ich kann. Ich nehme das Boot. Die Leitern hochzuklettern ist mir zu riskant. In Leathercombe gibt's ein Revier.«
»Ja, ja, tun Sie, was Sie für richtig halten«, murmelte Redfern.
Während Miss Brewster eilig vom Strand wegruderte, beobachtete sie, wie sich Redfern neben der Toten in den Sand warf und den Kopf in den Händen vergrub. Es lag etwas so Trostloses in seiner Haltung, daß sie unwillkürlich Mitleid mit ihm hatte. Er war wie ein Hund, der bei seinem toten Herrn Wache hielt. Trotzdem regte sich ihr gesunder Menschenverstand.
Was Besseres konnte ihm gar nicht passieren, überlegte sie sachlich. Ihm und seiner Frau – und auch Marshall und seiner Tochter. Aber vermutlich sieht er die Sache anders, der arme Teufel.
Emily Brewster war eine Frau, die auch in einem Notfall einen klaren Kopf behielt.

Am falschen Draht

(Aus: *Ein diplomatischer Zwischenfall und andere Fälle*)

»Und vor allen Dingen keinen Ärger, keine Aufregung«, sagte Dr. Meynell in dem unverbindlichen Plauderton der Ärzte.
Mrs. Harter wurde bei diesen wohlgemeinten, aber inhaltlosen Worten keineswegs zuversichtlicher, eher skeptischer.
»Sie haben eine kleine Herzschwäche«, fuhr der Arzt beiläufig fort, »aber es ist nichts Ernstes, seien Sie unbesorgt. Allerdings«, fügte er hinzu, »dürfte es dennoch das beste sein, wenn Sie einen Lift einbauen ließen. Wie denken Sie darüber?«
Mrs. Harter machte ein bekümmertes Gesicht, sie dachte an die Kosten. Dr. Meynell hingegen sah mit sich selbst zufrieden aus. Er behandelte lieber reiche als arme Patienten, weil er bei ersteren seine lebhafte Phantasie walten lassen konnte. Außerdem wußte er, daß er angesehen war, weil er für ihre Leiden Kostspieliges verschrieb.
»Ja, einen Lift«, wiederholte Dr. Meynell und versuchte, sich etwas noch Teureres zu überlegen – doch ihm fiel nichts weiter ein. »Dann wollen wir alle unnötigen Anstrengungen vermeiden. Bei schönem Wetter ruhig etwas an die frische Luft gehen, aber keine Gewalttouren! Und vor allen Dingen«, setzte er fröhlich hinzu, »viel geistige Zerstreuung – nur nicht dauernd ans Herz denken.«

Dem Neffen der alten Dame, Charles Ridgeway, erklärte der Arzt etwas mehr.

»Verstehen Sie mich nicht falsch«, sagte er. »Ihre Tante kann noch Jahre leben, wahrscheinlich tut sie das auch. Aber eine Überanstrengung oder ein Schock können eine fatale Wirkung haben.« Er schnalzte mit den Fingern. »Sie muß ein ruhiges Leben führen. Keinerlei Aufregung! Keine Anstrengungen. Sie soll möglichst nicht anfangen zu grübeln und nachzudenken. Sie muß heiter bleiben und möglichst viel Zerstreuung haben.«

»Zerstreuung«, sagte Charles Ridgeway geistesabwesend.

Er war ein junger Mann mit eigenen Gedanken. Er glaubte auch, daß man seine privaten Absichten fördern müsse wo immer möglich.

Am Abend schlug er seiner Tante den Erwerb eines Radioapparates vor.

Mrs. Harter, die bereits durch den Gedanken an den Lifteinbau ernstlich aufgebracht war, zeigte sich zerstreut und abgeneigt. Sie war altmodisch und hatte sich von jeher gegen die Anschaffung eines Radios gesträubt.

»Du weißt, daß ich dieses Zeug nicht mag«, sagte Mrs. Harter kläglich. »Diese Wellen, weißt du – die elektrischen Wellen... Sie haben eine Wirkung auf mich.«

Überlegen, doch freundlich, setzte Charles ihr auseinander, wie rückständig sie sei. Er sprach geduldig, schmeichelte ihr und begann sie langsam zu überzeugen.

Mrs. Harter, deren Kenntnisse von diesem »Zeug« völlig unzureichend waren, hielt zunächst dennoch an ihrer Meinung fest. Sie blieb weiterhin skeptisch und zeigte sich wenig begeistert.

»Diese Elektrizität«, murmelte sie furchtsam. »Charles, du kannst sagen, was du willst, auf manche Leute hat sie eine unangenehme Wirkung. Ich zum Beispiel habe vor einem Gewitter stets heftige Kopfschmerzen. Ich weiß das.«
Sie nickte triumphierend. Charles war ein geduldiger junger Mann. Er war auch beharrlich.
»Meine liebe Tante Mary«, sagte er, »ich werde dir das Ganze noch mal genau erklären.«
Auf diesem Gebiet kannte er sich einigermaßen aus. Er lieferte eine kleine Vorlesung über das Thema und redete sich immer mehr in Begeisterung, indem er von Hochfrequenzen, Kondensatoren, Verstärkern, Antennen und Transistoren und so weiter sprach...
Mrs. Harter ertrank in einem Meer von Worten; widerstandslos ergab sie sich.
»Na schön, Charles«, murmelte sie, »wenn du wirklich meinst...«
»Meine liebe Tante Mary«, sagte Charles begeistert. »Das ist genau das Richtige für dich, damit du dich nicht langweilst oder gar den Kopf hängen läßt.«
Der von Dr. Meynell verschriebene Lift wurde kurze Zeit danach eingebaut und hätte fast den Tod für Mrs. Harter bedeutet, denn wie viele alte Damen hegte sie einen tiefen Widerwillen gegen fremde Männer in ihrem Haus. Sie verdächtigte alle samt und sonders, es auf ihr altes Silber abgesehen zu haben.
Nach dem Lift wurde der teuerste Radioapparat angeschafft. Mrs. Harter stellte ihn allerdings nicht an. Charles mußte seine ganze Beredsamkeit aufwenden, um die Tante damit zu versöhnen. Er drehte an den Knöpfen und hielt erneut einen längeren Vortrag.
Mrs. Harter saß in ihrem hohen Lehnsessel, geduldig und höflich, doch in der festen Überzeugung, daß dieses neue Gerät reiner Unsinn sei.

»Hörst du, Tante Mary – das ist Berlin! Ein wunderbarer Empfang ...«
Mrs. Harter lauschte lächelnd.
Charles drehte weiter.
»London«, sagte er jetzt. Musik erklang.
»Ach, wirklich?« fragte Mrs. Harter ein wenig interessiert.
Charles schaltete einen anderen Wellenbereich ein, und ein unirdisches Geheul schallte durch den Raum.
»Jetzt scheinen wir in einen Hundezwinger geraten zu sein«, meinte Mrs. Harter, die sich bis ins hohe Alter eine gewisse Portion Humor bewahrt hatte.
Charles lachte. »Das macht Spaß, nicht wahr, Tante Mary? Das war lustig!«
Mrs. Harter konnte nicht umhin, über ihn zu lächeln. Sie mochte ihn recht gern. Einige Jahre lang hatte eine Nichte, Miriam Harter, mit ihr zusammengelebt. Mrs. Harter hatte die Absicht gehabt, das Mädchen als Erbin einzusetzen, aber Miriam hatte sie enttäuscht. Sie war ungeduldig gewesen und hatte sich allzu deutlich in der Gesellschaft ihrer Tante gelangweilt. Ständig war sie, wie die Tante es nannte, »bummeln« gegangen. Schließlich hatte sie mit einem jungen Mann angebandelt, den ihre Tante mißbilligte. Miriam war daraufhin zu ihrer Mutter zurückgeschickt worden – mit einem kurzen Schreiben, ganz so, als sei sie eine Ware, die man zur Ansicht gehabt hatte. Später hatte Miriam den jungen Mann sogar geheiratet, und Mrs. Harter hatte ihr ein paar Taschentücher geschickt, dann noch mal ein Spitzendeckchen zu Weihnachten. Nachdem sich die Nichte als Enttäuschung herausgestellt hatte, war Mrs. Harters Aufmerksamkeit auf den Neffen gefallen. Ja, Charles hatte von Anfang an gut eingeschlagen. Er behandelte seine Tante ehrerbietig, er hörte mit scheinbar intensivem Interesse den Erin-

nerungen aus ihrer Jugend zu. Ein großer Unterschied zu Miriam, die sich nicht nur gelangweilt, sondern das auch unverblümt gezeigt hatte. Charles war zudem niemals langweilig, immer gut gelaunt und fröhlich. Täglich ließ er seine Tante viele Male wissen, daß sie eine wunderbare alte Dame sei.
Mit ihrer neuen Entdeckung höchst zufrieden, hatte Mrs. Harter ihrem Notar neue Direktiven erteilt, wie ihr Testament abgeändert werden sollte. Dies war geschehen; das Testament war abgeändert worden, sie hatte es geprüft und unterzeichnet.
Und jetzt, sogar im Falle des Radioapparates, schien sich Charles neue Lorbeeren verdient zu haben.
Mrs. Harter, zuerst ganz Ablehnung, interessierte sich schließlich immer mehr für das Radio. Besondere Freude machte ihr der Apparat, wenn Charles nicht da war. Das Lästige an Charles war, daß er das Radio nicht in Ruhe lassen konnte. Mrs. Harter setzte sich am liebsten gemütlich in ihren Sessel und lauschte einem einzigen Sender, gleichgültig, ob er nun ein Symphoniekonzert oder den Lebensbericht der Lucrezia Borgia oder Wasserstandsmeldungen brachte ... Sie war ruhig und glücklich, in Frieden mit sich und der Welt. Charles schaffte das nicht. Er mußte ständig an irgendwelchen Knöpfen drehen, und der klare Klang wurde durch quietschende und heulende Töne zerrissen, während er ruhelos versuchte, ausländische Sender »hereinzubekommen«. Aber an den Abenden, an denen Charles bei Freunden eingeladen war, genoß Mrs. Harter ihr neues Radio. Sie brauchte nur einen Knopf, um sich, behaglich in ihrem Sessel zurückgelehnt, am Programm zu erfreuen.
Drei Monate nachdem der Radioapparat angeschlossen worden war, geschah es zum erstenmal. Charles war zu einem Bridgeabend zu Bekannten gegangen.

Das Abendprogramm brachte Balladen. Eine bekannte Sopransängerin sang »Annie Laurie«, und in der Mitte des Liedes geschah das Seltsame. Zuerst war der Sender weg, dann hörte man einen Moment lang Musik, gleich darauf heftiges Brummen und Quieken, das eine Weile anhielt und dann erstarb. Tödliche Stille war eingetreten. Anschließend war wieder leises Brummen zu hören.
Mrs. Harter hatte die Empfindung gehabt, als höre sie »Sphärenmusik«. Dann plötzlich – klar und deutlich hatte sie eine Stimme, eine Männerstimme mit leicht irischem Akzent, gehört!
»Mary – kannst du mich hören, Mary? Hier ist Patrick... Komm bald zu mir! Du bist doch bereit, nicht wahr, Mary?« Daran anschließend hatten wieder die Klänge von »Annie Laurie« das Zimmer gefüllt.
Mrs. Harter saß noch immer aufrecht in ihrem Sessel, die Hände um beide Armlehnen geklammert. Hatte sie geträumt? – Patrick! Patricks Stimme hatte, hier in diesem Zimmer, zu ihr gesprochen... Nein, das mußte ein Traum sein, vielleicht eine Halluzination. Vielleicht war sie für ein oder zwei Minuten eingeschlafen. Eine komische Sache, so etwas zu träumen – daß ihr verstorbener Mann über den Äther zu ihr gesprochen haben sollte... Sie hatte sich sehr erschreckt! Was hatte er doch gesagt?
»Komm bald zu mir! Du bist doch bereit, nicht wahr, Mary?«
Das konnte doch nur eine Vorahnung sein... Herzschwäche... ihr Herz. Schließlich war sie ja nicht mehr die Jüngste.
»Es ist eine Vorahnung, jawohl, das ist es«, sagte Mrs. Harter, erhob sich langsam und müde aus ihrem Sessel und fügte etwas hinzu, das für sie charak-

teristisch war: »Und das schöne Geld für den Lift zum Fenster hinausgeschmissen!«
Sie sprach mit niemandem über das, was sie gehört hatte, aber in den darauffolgenden Tagen war sie ständig geistesabwesend.
Dann kam der Geburtstag ihres Mannes... Wieder war sie allein zu Hause. Das Radio, das soeben noch Orchestermusik gebracht hatte, erstarb mit derselben Plötzlichkeit wie beim letztenmal. Wieder herrschte einen Moment lang unheimliche Stille, das Gefühl des Überirdischen, und schließlich wieder Patricks Stimme, doch diesmal nicht, wie sie im Leben gewesen war – nein, viel feiner, weit weg, mit einem merkwürdigen Klang.
»Patrick spricht zu dir, Mary. Komm jetzt bald...!«
Dann Quietschen, Brummen, und die Orchestermusik war wieder da, als sei nichts geschehen.
Mrs. Harter sah auf die Uhr. Nein, sie hatte nicht geschlafen, diesmal bestimmt nicht. Wach und im vollen Besitz ihrer Sinne hatte sie Patricks Stimme gehört. Es war keine Halluzination, das war sicher. Verwirrt versuchte sie sich an die Theorie zu erinnern, die Charles ihr von den Ätherwellen erklärt hatte. Konnte es möglich sein, daß Patrick wirklich zu ihr gesprochen hatte? Daß seine Stimme wirklich durch den Raum getragen werden konnte? Gewisse Wellenlängen seien noch nicht erforscht, hatte Charles gesagt und von einer Lücke in der Wellenskala gesprochen. Sie war überzeugt, daß Patrick zu ihr gesprochen hatte. Er wollte sie offenbar auf das vorbereiten, was bald kommen mußte.
Mrs. Harter läutete nach ihrer Haushälterin Elizabeth, einer großen, hageren Sechzigerin. Unter einer mürrischen Schale verbarg sie tiefe Zuneigung für ihre Herrin.

»Elizabeth«, sagte Mrs. Harter, als ihre Perle erschienen war, »Sie erinnern sich doch, was ich Ihnen gesagt habe. Die oberste Schublade meines Schreibtischs? Sie ist verschlossen. Der lange Schlüssel mit dem weißen Etikett paßt dazu. Darin liegt alles. Ich habe alles vorbereitet.«

»Vorbereitet? Was, Mrs. Harter?«

»Für mein Begräbnis«, fauchte Mrs. Harter. »Sie wissen sehr wohl, was ich meine, Elizabeth. Sie haben mir selbst dabei geholfen, alles in der Schublade zu verstauen.«

In Elizabeths Gesicht begann es merkwürdig zu arbeiten.

»Oh, gnädige Frau«, wimmerte sie, »so was dürfen Sie nicht sagen. Ich dachte, Sie fühlten sich wieder besser?«

»Irgendwann müssen wir alle gehen«, knurrte Mrs. Harter ärgerlich. »Alt genug bin ich schließlich. Also, Elizabeth, machen Sie sich nicht lächerlich. Wenn Sie unbedingt flennen wollen, gehen Sie hinaus und heulen Sie anderswo.«

Elizabeth zog sich zurück, unterdrückt schluchzend.

Mrs. Harter sah ihr liebevoll nach. Alte Gans, aber treu, dachte sie. Sehr treu. Ich muß mal überlegen – habe ich ihr nun hundert Pfund vermacht oder nur fünfzig? Jedenfalls sollten es hundert sein. Sie hat mich lange Zeit gut versorgt.

Diese Frage beschäftigte die alte Dame, und am nächsten Tag setzte sie sich an ihren Schreibtisch und schrieb ihrem Notar, er möchte ihr das Testament noch einmal zuschicken. Sie wolle es noch einmal überprüfen. Noch an demselben Tag geschah es, daß Charles beim Abendessen etwas sagte, das sie aufhorchen ließ.

»Übrigens, Tante Mary«, fragte er, »wer ist eigentlich

der komische Alte oben im Gästezimmer? Ich meine das Bild über dem Kamin ... Der Alte mit dem Biberhut und dem altmodischen Backenbart?«
Mrs. Harter sah ihn streng und tadelnd an.
»Das ist dein Onkel Patrick als junger Mann«, antwortete sie.
»Oh, Tante Mary, das tut mir leid. Ich wollte nicht taktlos sein.«
Mrs. Harter akzeptierte die Entschuldigung mit einem würdevollen Neigen ihres Kopfes.
Charles fuhr reichlich unsicher fort: »Ich habe mich nur gewundert, weißt du –«
Er hielt unentschlossen inne, und Mrs. Harter fragte scharf: »Was wolltest du sagen?«
»Ach, nichts«, entgegnete Charles hastig. »Jedenfalls nichts Vernünftiges.«
Eine Weile gab die alte Dame Ruhe, aber später am Abend kam sie noch einmal darauf zurück.
»Charles, ich möchte, daß du mir sagst, warum du mich nach dem alten Bild deines Onkels gefragt hast.«
Charles machte ein betretenes Gesicht.
»Aber ich sagte dir doch, Tante Mary, es ist nichts weiter – vielleicht eine dumme Einbildung meinerseits, völlig absurd.«
»Charles«, forderte jetzt Mrs. Harter gebieterisch, »ich bestehe darauf, es zu erfahren.«
»Nun gut, liebe Tante, wenn du unbedingt darauf bestehst. Ich habe mir eingebildet, ihn gesehen zu haben – den Mann auf dem Bild, meine ich. Er sah aus dem Fenster ganz rechts, als ich gestern abend nach Hause kam. Wahrscheinlich war es ein Lichteffekt. Ich fragte mich, wer es wohl sein könnte. Sein Gesicht war so – viktorianisch, wenn du verstehst, was ich damit sagen will. Aber Elizabeth sagte mir,

es sei niemand da, kein Besucher oder Gast im Haus. Ich kam dann zufällig ins Gästezimmer und sah dort das Bild über dem Kamin. Es war der Mann, den ich zuvor am Fenster gesehen hatte. Ich glaube, das läßt sich ganz einfach erklären – mit Unterbewußtsein oder so etwas. Wahrscheinlich habe ich das Bild vorher schon einmal gesehen, ohne mir dessen bewußt zu sein, und nun habe ich mir eingebildet, das Gesicht am rechten Fenster wiedererkannt zu haben.«
»Am rechten Fenster, sagst du?« fragte Mrs. Harter scharf.
»Ja, warum?«
»Nichts.«
Mrs. Harter schwieg. Sie war völlig verwirrt. Dieses Fenster gehörte zum Ankleidezimmer ihres Mannes.
Einige Tage später ging Charles wieder aus. Mrs. Harter saß allein vor dem Radio. Heute war der Todestag ihres Mannes, und ihre Gedanken waren weit weg – genauer gesagt: im Jenseits. Dabei war es mehr als natürlich, daß sie sich wieder eine Verbindung mit Patrick wünschte.
Obgleich ihr Herz schnell schlug, war sie nicht überrascht, als sich dasselbe Brummen wieder einstellte, die schon bekannte Unterbrechung eintrat und nach einer Pause mit absoluter Stille die schwache, weit entfernte Stimme ihres Mannes zu ihr sprach:
»Mary – bist du jetzt fertig? Am Freitag komme ich zu dir – am Freitag um halb zehn ... Hab keine Angst, es tut nicht weh ... Ich hole dich.«
Bei den letzten Worten setzte die Orchestermusik wieder ein – laut und mit fröhlichen Rhythmen.
Mrs. Harter saß einige Minuten ganz still da. Ihr Gesicht war schneeweiß geworden, und die Lippen hatten sich bläulich verfärbt.
Dann stand sie langsam auf und setzte sich an ihren

Schreibtisch. Mit zittriger Handschrift schrieb sie folgende Zeilen:

»Heute abend, um 21 Uhr 15 habe ich deutlich die Stimme meines verstorbenen Mannes gehört. Er sagte mir, daß er mich am Freitag um halb zehn zu sich holen wolle. Wenn ich an diesem Tage und zu dieser Stunde sterben sollte, möchte ich, daß diese Tatsache bekanntgegeben wird – als eindeutiger Beweis dafür, daß Verbindungen mit der Totenwelt möglich sind. –

Mary Harter.«

Mrs. Harter las es noch einmal durch, steckte den gefalteten Bogen in einen Umschlag und adressierte ihn. Dann drückte sie die Klingel. Elizabeth erschien prompt. Mrs. Harter stand von ihrem Schreibtisch auf und überreichte ihr den Brief.

»Elizabeth«, sagte sie, »falls ich am Freitag sterben sollte, möchte ich, daß Sie das Dr. Meynell geben. Nein« – Elizabeth machte Anstalten zu protestieren –, »streiten Sie nicht mit mir herum. Sie haben mir selber oft genug gesagt, daß Sie an Vorahnungen glauben. Ich habe Ihnen in meinem Testament fünfzig Pfund vermacht. Ich will, daß Sie hundert erhalten. Wenn ich nicht mehr selber zur Bank gehen kann, bevor ich sterbe, wird Mr. Charles das erledigen.«

Wie vorher schnitt Mrs. Harter Elizabeths tränenreiche Protestrede ab. Über ihren Entschluß sprach Mrs. Harter am nächsten Morgen mit ihrem Neffen.

»Bitte, denke daran, Charles. Falls mir etwas zustoßen sollte, will ich, daß Elizabeth fünfzig Pfund extra erhält.«

»Seit ein paar Tagen siehst du richtig finster drein, Tante Mary«, sagte Charles sorgenvoll. »Was ist denn los? Nach dem, was Dr. Meynell sagt, werden wir in zwanzig Jahren deinen hundertsten Geburtstag feiern.«

Mrs. Harter lächelte ihm liebevoll zu, aber sie antwortete nicht. Nach ein paar Minuten fragte sie: »Was hast du am Freitag vor, Charles?«

Der machte ein verdutztes Gesicht.

»Um ehrlich zu sein, die Ewings haben mich gebeten, mit ihnen Bridge zu spielen. Aber wenn es dir lieber ist, bleibe ich natürlich zu Hause.«

»Nein«, sagte Mrs. Harter mit Bestimmtheit. »Gewiß nicht, Charles. Du kannst am Freitag gern zusagen, ich möchte am liebsten allein sein.«

Charles sah sie stirnrunzelnd an, aber Mrs. Harter gab keine weitere Erklärung. Sie war eine mutige und sehr bestimmte alte Dame. Sie wußte, daß sie ihre letzte Erfahrung allein machen mußte.

Am Freitag war das Haus ganz still. Mrs. Harter saß am Abend wie gewöhnlich in ihrem hohen Lehnsessel vor dem Kamin. Sie hatte alle Vorbereitungen abgeschlossen. Am Morgen war sie noch zur Bank gegangen, hatte fünfzig Pfund in Scheinen abgehoben und sie Elizabeth überreicht, trotz tränenreicher Proteste. Dann hatte Mrs. Harter ihre persönlichen Wertsachen sortiert und das eine und andere Schmuckstück mit Namen von Freunden und Verwandten versehen. Sie hatte auch eine Liste mit Instruktionen für Charles aufgeschrieben. Ihr Worcester-Teeservice sollte ihre Kusine Emma erhalten. Die Kristallgläser sollte der junge William bekommen und so weiter.

Jetzt blickte sie auf das schmale Kuvert, das sie in der Hand hielt, und zog ein gefaltetes Dokument heraus. Es war ihr Testament, das ihr Mr. Hopkinson auf ihren Wunsch geschickt hatte. Sie hatte es bereits sorgfältig durchgelesen; jetzt sah sie es nochmals durch, um ihr Gedächtnis aufzufrischen. Es war ein kurzes, klares Dokument. Ein Vermächtnis von fünfzig Pfund für Elizabeth Marshall als Anerkennung für ihre treuen

Dienste. Zwei Legate von je fünfhundert Pfund für ihre Schwester und ihren ältesten Vetter, der Rest für ihren geliebten Neffen Charles Ridgeway.
Mrs. Harter nickte mehrmals. Charles würde ein reicher Mann sein, wenn sie gestorben war. Soll er – er ist ein lieber, guter Junge. Immer freundlich, immer voller Zuneigung und stets ein fröhliches Wort zur Hand, um sie aufzumuntern.
Sie sah auf die Uhr: drei Minuten vor halb zehn.
Nun gut, sie war bereit. Und sie war ruhig – ganz ruhig. Obwohl sie sich diese Worte ständig wiederholte, schlug ihr Herz ängstlich und unregelmäßig. Immer wieder sagte sie vor sich hin, daß sie ganz ruhig sei, aber ihre Nerven waren über das erträgliche Maß hinaus angespannt.
Halb zehn!
Das Radio war eingeschaltet. Was würde sie hören? Eine Stimme, die den Wetterbericht bekannt gab – oder die leise, weit entfernte Stimme, die ihrem Mann gehörte, der vor fünfundzwanzig Jahren gestorben war?
Doch sie hörte nichts von beiden. Statt dessen vernahm sie ein Geräusch, das sie zwar kannte, das ihr aber heute abend einen Schrecken einjagte, als griffe eine eisige Hand nach ihrem Herzen ... Ein Schlüssel wurde ins Haustürschloß gesteckt –
Ein kalter Hauch wehte durch den Raum. Mrs. Harter hatte keinen Zweifel mehr, es war soweit ... Sie hatte Angst, sie hatte nur noch Angst – lähmendes Entsetzen packte sie. Und plötzlich wurde ihr bewußt: Fünfundzwanzig Jahre sind eine lange Zeit! Patrick ist für sie jetzt ein Fremder!
Jetzt waren leise Schritte vor der Tür ... zaghaft, zögernd. Und nun öffnete sich geräuschlos die Tür ...
Mrs. Harter erhob sich, ihre Beine zitterten – leicht von

einer Seite auf die andere schwankend, starrte sie auf die offene Tür. Aus ihren Fingern glitt etwas in den Kamin.
Sie wollte schreien, doch sie konnte nicht – eine wohlbekannte Gestalt mit einem altmodischen Bakkenbart und in unmoderner Kleidung stand im Dämmerlicht auf der Türschwelle: Patrick!
Ihr Herz spürte einen schmerzhaften Riß, flatterte noch wie ein Vögelchen – dann Stille. Sie fiel zu Boden.
Elizabeth fand sie eine Stunde später.
Sofort rief sie Dr. Meynell an. Charles Ridgeway wurde hastig von seinem Bridgeabend zurückgerufen. Man konnte nichts mehr tun. Mrs. Harter war bereits dort, von wo es keine Rückkehr gibt.
Zwei Tage später erinnerte sich Elizabeth an den Brief, den ihre Herrin ihr für Dr. Meynell gegeben hatte. Er las ihn mit großem Interesse und zeigte ihn Charles Ridgeway.
»Ein komischer Zufall«, sagte Dr. Meynell. »Es scheint ziemlich sicher zu sein, daß Ihre Tante Halluzinationen von der Stimme ihres verstorbenen Mannes hatte. Sie muß sich darüber so erregt haben, daß ihre Aufregung tödlich war, als der Zeitpunkt kam. Sie starb an einem Herzschlag.«
»Autosuggestion?« fragte Charles.
»Möglich. Ich werde Sie das Ergebnis der Autopsie sofort wissen lassen, obwohl ich keinerlei Zweifel habe. Unter diesen Umständen ist eine Autopsie jedoch notwendig – natürlich eine reine Formsache.«
Charles nickte verständnisvoll. Längst hatte er einen bestimmten Draht von der Rückseite des Radioapparates hinauf in sein Zimmer im oberen Stockwerk entfernt. Auch einen Backenbart hatte er längst verbrannt. Ein paar viktorianische Kleidungsstücke, die

seinem verstorbenen Onkel gehörten, lagen schon lange wieder in der Truhe auf dem Speicher.
Soweit er es übersehen konnte, war er vollkommen sicher. Sein Plan, der sich zuerst schattenhaft in seinem Kopf zu formen begonnen hatte, als Dr. Meynell ihm sagte, seine Tante könne bei großer Vorsicht noch viele Jahre leben, war großartig geglückt. Nur ein plötzlicher Schock, hatte Dr. Meynell zu Charles damals gesagt – zu diesem liebenswürdigen jungen Mann, an dem die alte Dame so gehangen hatte.
Charles lächelte.
Als der Arzt gegangen war, machte sich Charles methodisch an die Erfüllung seiner Pflichten. Die Vorbereitungen für das Begräbnis waren zu treffen. Für Verwandte, die von weit kamen, mußte er Zugverbindungen heraussuchen. In ein oder zwei Fällen würden sie sogar über Nacht oder für zwei Nächte bleiben. Charles erledigte alles tüchtig und gewissenhaft, während ihn seine eigenen Gedanken begleiteten. Könnte es sein, daß irgend jemand etwas ahnte?
Niemand! Am allerwenigsten hatte seine tote Tante gewußt, in welch schwieriger Lage er steckte. Seine Machenschaften, die er vor allen hatte sorgfältig verbergen können, hatten ihn soweit gebracht, daß ihm zumindest Gefängnis drohte, wenn er nicht bald seine Schulden bezahlen konnte. Er mußte innerhalb weniger Monate eine beträchtliche Geldsumme aufbringen. Nun – das würde jetzt in Ordnung kommen. Charles war zufrieden. Dank seinem Scherz – na ja, etwas makaber war er schon... war er gerettet. Jetzt würde er bald ein reicher Mann sein. Darum brauchte er sich nicht mehr zu sorgen, denn Mrs. Harter hatte niemals ein Geheimnis aus ihrer Absicht gemacht.

Elizabeth steckte den Kopf zur Tür herein und teilte ihm mit, daß Mr. Hopkinson gekommen sei und ihn zu sprechen wünsche.
Genau zur rechten Zeit, dachte Charles. Er unterdrückte seine Lust zu pfeifen und zwang sein Gesicht zu dem der Lage angemessenen Ernst. Dann ging er in die Bibliothek hinunter. Er begrüßte den pedantischen alten Herrn, der über ein Vierteljahrhundert hindurch der juristische Berater seiner Tante gewesen war.
Der Notar nahm auf Charles' Einladung hin Platz und begann nach höflichem Räuspern sogleich das Berufliche zu besprechen.
»Ich habe den Sinn des Briefes nicht ganz verstanden, Mr. Ridgeway, den Sie mir schrieben. Sie scheinen anzunehmen, die verstorbene Mrs. Harter habe Sie als ihren Alleinerben eingesetzt?«
Charles starrte ihn an.
»Ja, sicher – meine Tante hat es mir doch selber gesagt.«
»O ja, gewiß. Sie *waren* auch als Alleinerbe eingesetzt.«
»Waren?«
»Das sagte ich. Mrs. Harter schrieb mir aber vor ein paar Tagen, ich solle ihr das Testament am vergangenen Donnerstag wieder zuschicken.«
Charles hatte ein unbehagliches Gefühl, die Vorahnung von etwas Unerfreulichem.
»Zweifellos wird es sich unter ihren Papieren finden lassen«, fuhr der Notar milde fort.
Charles sagte nichts. Er hütete seine Zunge. Er hatte Mrs. Harters Papiere schon zu sorgfältig durchsucht, um nicht genau zu wissen, daß kein Testament dazwischenlag. Erst nach einigen Minuten, in denen er seine Selbstbeherrschung wiedererlangt hatte, sagte

er das. Seine Stimme klang unwirklich, und er hatte das Gefühl, kaltes Wasser tropfte seinen Rücken hinunter.
»Hat jemand ihre persönlichen Sachen durchsucht?« fragte der Notar.
Charles antwortete, daß die Haushälterin, Elizabeth, das getan hätte. Auf Hopkinsons Vorschlag hin wurde Elizabeth gerufen. Sie erschien prompt, mürrisch und aufrecht und beantwortete die Fragen, die man ihr stellte.
Sie hatte die Kleider und alle persönlichen Sachen ihrer Herrin durchsucht. Sie war sicher, daß darunter kein juristisches Dokument gewesen war. Sie wußte, wie das Testament aussah – ihre arme Herrin hatte es am Morgen vor ihrem Tode noch in der Hand gehalten.
»Täuschen Sie sich da auch nicht?« fragte der Notar scharf.
»Nein, Sir, bestimmt nicht. Sie sagte es mir selbst. Und sie gab mir fünfzig Pfund in Scheinen. Das Testament war in einem länglichen blauen Umschlag.«
»Ja, das stimmt«, sagte Hopkinson.
»Jetzt fällt mir auch wieder ein«, fuhr Elizabeth fort, »dieses blaue Kuvert lag am Morgen nach ihrem Tod auf diesem Tisch, aber leer. Ich legte es dann auf den Schreibtisch.«
»Ja, ich erinnere mich, es da gesehen zu haben«, bestätigte Charles.
Er stand auf und ging zum Schreibtisch. Nach ein paar Augenblicken kam er mit einem Kuvert in der Hand zurück, das er Hopkinson reichte. Der prüfte es und nickte.
»Das ist der Umschlag, in dem ich ihr das Testament am vergangenen Donnerstag schickte.«
Beide Männer sahen Elizabeth fest an.
»Wünschen Sie noch etwas, Sir?« fragte sie höflich.

»Nein, im Augenblick nichts mehr, danke«, antwortete der Notar. »Moment mal! Sagen Sie – war im Kamin an jenem Abend Feuer?«
»Ja, Sir, wir machen jeden Abend Feuer.«
»Danke, das genügt.«
Elizabeth verschwand. Charles beugte sich vor, seine zitternde Hand lag noch auf dem Tisch.
»Was denken Sie darüber? Was wollen Sie tun?«
Hopkinson hob die Schultern.
»Da können wir nur hoffen, daß das Testament noch irgendwo auftaucht. Wenn nicht –«
»Was dann?«
»Dann, fürchte ich, gibt es nur eine Schlußfolgerung: Ihre Tante ließ sich das Testament schicken, um es zu vernichten. Da sie nicht wollte, daß Elizabeth dadurch etwas verlöre, gab sie ihr die fünfzig Pfund in bar.«
»Aber warum?« schrie Charles verzweifelt. »Warum denn?«
Hopkinson räusperte sich, trocken und unbeteiligt: »Hatten Sie – äh – vielleicht eine Auseinandersetzung mit Ihrer Tante, Mr. Ridgeway?« murmelte er.
Charles schnappte nach Luft.
»Nein, wirklich nicht«, beteuerte er leidenschaftlich. »Wir verstanden uns ausgezeichnet, wir empfanden die aufrichtigste Zuneigung füreinander – bis zum Schluß.«
»Aha.« Hopkinson sah ihn nicht an.
Mit einem Schock wurde Charles klar, daß der Notar ihm nicht glaubte. Wer mochte wissen, was dieser Paragraphenhengst alles ahnte? Vielleicht waren ihm Gerüchte von Charles' Schulden zu Ohren gekommen. Vielleicht dachte er, daß auch seine Tante davon gewußt und ihr Neffe deswegen Streit mit ihr gehabt hatte?
Charles machte die bittersten Minuten seines Lebens

durch. Seine Lügen hatte man ihm geglaubt. Jetzt, da er die Wahrheit sagte, wurde an seinen Worten gezweifelt. Welche Ironie des Schicksals!
Natürlich hatte seine Tante das Testament nicht verbrannt, natürlich nicht. Sie hatte es doch in der Hand gehalten...
Eine plötzliche Erkenntnis durchzuckte ihn. Wie war doch das Bild? Vor seinem geistigen Auge tauchte es wieder auf... Die alte Dame sprang auf, eine Hand auf das Herz gepreßt – aus der anderen glitt etwas, segelte etwas Weißes in die rote Glut des Kamins...
Charles' Gesicht wurde aschfahl. Er hörte eine heisere Stimme, seine eigene, fragen: »Und wenn das Testament nicht gefunden wird?«
»Dann existiert noch ein früheres von Mrs. Harter. Es ist schon Jahre alt. Darin vermacht Mrs. Harter alles Vermögen ihrer Nichte Miriam Harter, jetzt Miriam Robinson.«
Was sagte der alte Idiot da? Miriam...? Miriam mit ihrem komischen Ehemann und ihren vier rotznasigen Gören... Sein ganzer kluger Plan – für Miriam?
Das Telefon schrillte grell unmittelbar neben Charles. Er hob den Hörer ab. Es war der Arzt. Seine warme, freundliche Stimme sagte: »Ridgeway, sind Sie's? Sie wollen doch sicherlich den Befund erfahren. Die Autopsie ist gerade beendet worden. Todesursache wie ich vermutet habe. Aber ihr Herz war schon viel schwächer, als ich damals gedacht hatte. Bei allergrößter Vorsicht hätte sie höchstens noch zwei Monate zu leben gehabt. Vielleicht ist es ein Trost für Sie.«
»Verzeihung«, sagte Charles. »Würden Sie das bitte noch einmal sagen?«
»Sie hätte auf jeden Fall nicht mehr länger als zwei Monate leben können«, wiederholte der Arzt ein we-

nig lauter. »Alles hat auch wieder sein Gutes, mein lieber Junge, sehen Sie –«
Charles legte den Hörer langsam auf die Gabel zurück. Mit halbem Bewußtsein hörte er die weit entfernte Stimme des Notars.
»Mein Gott, mein lieber Ridgeway, ist Ihnen nicht wohl? Sind Sie krank?«

Agatha Christies Waffenarsenal

Harte Methoden, ein Opfer ins Jenseits zu befördern

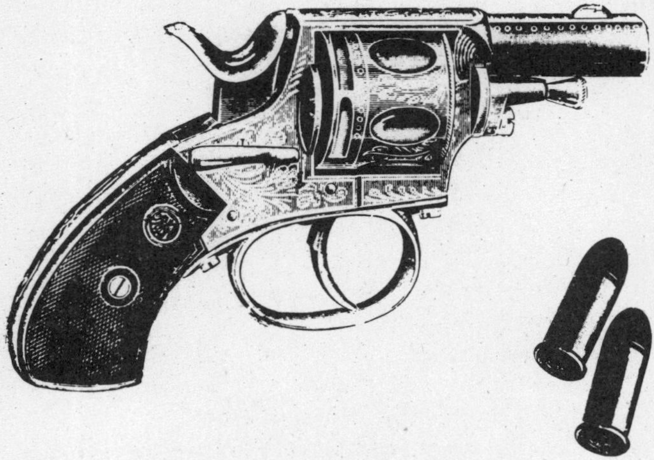

Was haben ein Mühlstein, eine Bronzevenus und ein marmorner Briefbeschwerer gemeinsam? Ein Fleischspieß, ein Nylonstrumpf, eine Saite und ein Schachbrett? Marmorblock, Schürhaken, Stilett, Skalpell und Revolver?

Selbst nur gelegentliche Christie-Leser dürften die Antwort erraten. Irgendwann einmal benutzte Dame Agatha eines dieser Dinge, um ein Opfer ins Jenseits zu befördern.

Wie zart besaitet sie auch gewesen sein mag, was für viktorianische Ansichten sie auch hatte – wenn es um das Erfinden einer neuen Mordmethode ging, kannte ihre Phantasie keine Grenzen. Das Gift, die traditio-

nelle Waffe der Frau, vergaß sie selbstverständlich nicht. Aber sie griff auch zu brutaleren, ebenso wirksamen Mitteln.
Als Poirot und sein Begleiter in *Der Tod auf dem Nil* Louise Bourgets Leiche unter dem Bett ihrer Kabine auf der »Karnak« finden, zweifeln sie nicht an der Todesursache: »Stich ins Herz. Der Tod muß fast sofort eingetreten sein«, sagt Oberst Race.
Dr. Bessner bleibt es vorbehalten, die Mordwaffe zu bestimmen. »Kein gewöhnliches Messer«, erklärt er. »Ein sehr scharfer, sehr dünner, sehr fein gearbeiteter Gegenstand wurde verwandt.« Er holt eines seiner eigenen Skalpelle und sagt: »Eher ein Instrument dieser Art.«
Er bestreitet jedoch, daß eines *seiner* Skalpelle fehlt. Können wir ihm glauben?
Ein blitzendes Stilett mit edelsteinbesetztem Heft und – überflüssig zu sagen – sehr spitzer Schneide setzte in *Mit offenen Karten* Mr. Shaitanas Leben ein Ende, und in *Die Schattenhand* erlag die arme Agnes, nachdem sie durch einen Schlag auf den Kopf betäubt wurde, einem Fleischspieß, den ihr der Mörder in den Schädel trieb.
Angeblich sind Feuerwaffen auf den britischen Inseln schwer zu bekommen. Das mag stimmen, aber Agatha Christies Bücher lassen dies gewiß nicht vermuten. Sie brauchen nur Philip Lombard *(Zehn kleine Negerlein)*, Michael Gorman *(Bertrams Hotel)*, Salome Otterbourne oder Lucius Protheroe zu fragen. Alle fanden ihr Ende durch einen Schuß.
Salome Otterbourne stand in *Der Tod auf dem Nil* am falschen Ende des Colt-Revolvers, und einer Mauser (nichts geht über deutsche Wertarbeit) begegneten wir in *Mord im Pfarrhaus*. Sie war mit einem Schalldämpfer versehen und auf den bedauernswerten Lucius Pro-

theroe gerichtet – falls man überhaupt Mitgefühl für den allgemein verhaßten Mann aufbringen kann.
Vergessen wir jedoch nicht den Tod durch Erwürgen und die vielfältigen Dinge, die man gewöhnlich nicht als Waffen betrachtet. Da wären zunächst die verschiedenen weiblichen Kleidungsstücke, die so schnell zur Hand sind, wenn sich Mordlust regt: der Nylonstrumpf, der in *Das Geheimnis der Goldmine* Gladys erledigte. Mrs. Blands Schal, der in *Auf doppelter Spur* zum Ende seiner Besitzerin führte. In *Die Morde des Herrn ABC* wurde Betty Barnard mit einem seidenen Gürtel getötet, während in *Die Mausefalle* der Gürtel eines Regenmantels dazu herhalten mußte, die radiohörende Mrs. Boyd ins Jenseits zu befördern.
Eines muß über weibliche Accessoires als Mordwaffen noch gesagt werden – sie sind zweifellos leicht zu beschaffen. Und um die kräftigen Hände zu finden, die in *16.50 ab Paddington* das Opfer erwürgten, brauchte der Mörder nur bis zum Ende seiner Arme zu sehen. Dagegen war in *Der Vogel mit dem gebrochenen Flügel,* einer Geschichte aus *Der seltsame Mr. Quin,* die Mordwaffe viel ausgefallener.
»Wir haben herausgefunden, daß sie sich nicht mit dem Strick, den sie um den Hals hatte, erhängte«, sagt Inspektor Winkfield, als er einige Punkte von Mabelle Annesleys Tod klärt, der zunächst auf Selbstmord zurückgeführt wurde. »Sie ist erwürgt worden. Mit etwas viel Dünnerem. Vielleicht einem Stück Draht oder etwas Ähnlichem.«
Die Polizei ist ratlos, aber der kleine, freundliche Mr. Sattersway hört sofort, wenn ein Instrument verstimmt ist – und so stellt man fest, daß der Mord mit der Saite einer Ukulele ausgeführt wurde.
Die Todesursachen in Agatha Christies Büchern sind von fast unendlicher Vielfalt: In *Rächende Geister* spielt

ein Klippensturz eine Rolle, in *Tod in den Wolken* verdanken wir die Leiche einem Giftpfeil aus einem Blasrohr; in *Die großen Vier* schließlich wird uns eine ganz neuartige elektrische Hinrichtung geschildert: der weiße Läufer eines Schachspiels ist mit einem unter Strom stehenden Schachbrett und einer Leitung zur darunter befindlichen Wohnung verbunden.

Agatha Christie vergaß auch nicht den altbewährten stumpfen Gegenstand. Einige werden normalerweise zu sportlichen Zwecken benutzt. In *Kurz vor Mitternacht* fiel Lady Camilla einem in gewisser Weise umgebauten Tennisschläger zum Opfer – an den Griff war der schwere linke Knauf eines altmodischen Kaminvorsetzers geschraubt worden. (Sie starb durch eine Rückhand gegen den Kopf.)

Die Kombination Kaminvorsetzer-Tennisschläger kann natürlich auch in die Rubrik »Einrichtungsgegenstände« eingeordnet werden, die ebenfalls ein wichtiger Bestandteil von Agatha Christies Waffenarsenal sind. Hierbei gehören zum Beispiel ein marmorner Briefbeschwerer in einer Wollsocke *(Die Kleptomanin)*, ein Schürhaken *(Feuerprobe der Unschuld)* und ein mit Sand gefüllter länglicher Sack aus grünem Filzstoff, wie man ihn vor die Tür legte, um Zugluft abzuhalten *(Das Geheimnis von Sittaford)*.

Agatha Christie verschmähte auch den einfachen Knüppel oder Totschläger nicht. »Richtiggehend zerschmettert«, sagt Dr. Corrigan über Pater Gorman, den Toten in *Das fahle Pferd*. »Wahrscheinlich war er schon nach dem ersten Schlag tot, aber wer es auch getan hat – er wollte sichergehen. Ziemlich scheußliche Sache.«

Der charmanteste stumpfe Gegenstand, den Agatha Christie je verwendete, ist sicherlich der, welcher Sir James Dwighton in *Die Uhr war Zeuge* den Rest gab, einer Kurzgeschichte aus *Die Mörder-Maschen*, in der ein verliebtes Paar eine wichtige Rolle spielt. Während Sir James in der Bibliothek seines Landsitzes »Alderway« am Schreibtisch saß, wurde er von hinten erschlagen.

Die Waffe lag auf dem Boden – eine ungefähr sechzig Zentimeter große Bronzefigur, deren Fuß beschmiert und naß war. Mr. Sattersway beugt sich neugierig darüber.

»Eine Venus«, sagt er leise. »Er wurde von einer Venus gefällt.«

Dieser Gedanke lieferte ihm Stoff für poetische Betrachtungen.

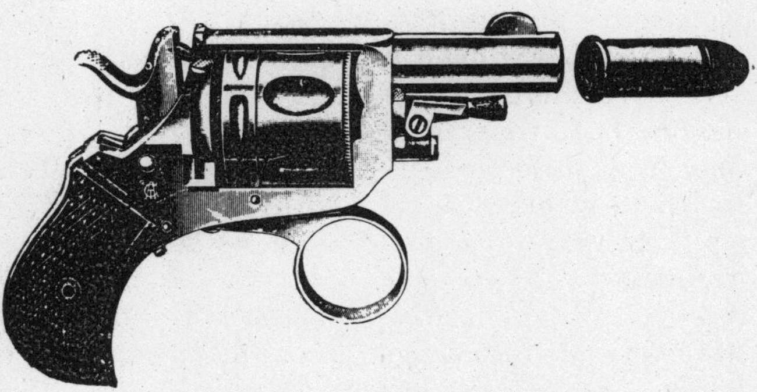

Weibliche Intuition im Kampf gegen das Verbrechen

Die Kunst des schwachen Geschlechts, aus Worten Spuren zu lesen

Das Drohende hinter dem Alltäglichen – so könnte man das Wesen der Kriminalromane Agatha Christies zusammenfassen. Die Frauen, die sie beschreibt, sind das beste Beispiel dafür. Miss Marple und ihre Schwestern greifen zu oft verspotteten oder als harmlos abgetanen, traditionell weiblichen Waffen, um Mordfälle zu lösen, wo Profis – natürlich alles Männer – ratlos sind oder gerade den Falschen verhaften wollen. Zum Beispiel ist das Klatschen ein viel verleumdeter

»weiblicher« Zeitvertreib. Doch durch Agatha Christie wurde es bei der Aufklärung eines Verbrechens zu einer der wirksamsten Waffen. In *Ruhe unsanft* staunt Giles Reed, der selbst hartnäckig hinter der Lösung des Rätsels her ist, über die Menge von Informationen, die Miss Marple anscheinend mühelos sammelte.
»Wie haben Sie das bloß herausgefunden?« fragt er sie. Miss Marple lächelt entschuldigend. »Ich habe ein bißchen geklatscht. In den Läden – und beim Warten auf den Bus. Alte Damen gelten sowieso als neugierig. Ja, so erfährt man eine Menge davon, was hier passiert.«
Man kann zweifellos »eine Menge erfahren«, indem man sich über die Leiden gemeinsamer Freundinnen, die schönsten Muster für Babydecken oder verlorene Rezepte für Honigkuchen unterhält. Der springende Punkt ist nur, daß erfolgreiches Klatschen gelernt sein will. Nicht jeder beherrscht diese Kunst. Es setzt echte Bindungen an eine Gemeinschaft oder eine gute Antenne für die Atmosphäre einer neuen Umgebung voraus. Klatschen ist die Spezialität später Mädchen und funktioniert immer, auch wenn die Gründe dafür manchmal etwas bedauerlich sind.
In *Das fahle Pferd* erklärt Ginger Mark, wie sie Informationen aus einer Verkäuferin herausholte, die ihm kein Wort verraten hatte.
»Frauen halten zusammen. Du kannst das nicht verstehen. Der Witz ist, daß es im Grunde nicht zählt, wenn eine Frau einer anderen etwas verrät. Sie glaubt, es spielt keine Rolle.«
»Sie gehören sozusagen alle zur selben Gewerkschaft?«
»So könnte man es ausdrücken...«
Frauen, die genau auf jede Einzelheit und jede Abweichung vom Üblichen achten, werden – höflich ausge-

drückt – oft ermüdend oder wichtigtuerisch genannt. Doch gerade diese Eigenheiten halfen zum Beispiel Miss Marple immer wieder, einen Fall zu lösen. Wehe dem sonst so gerissenen Gentleman, der für ihren Steingarten die falsche Sorte Steine lieferte, oder dem Mörder, dessen weibliches Opfer so verdächtige Fingernägel hatte! Das sind genau die Dinge, die die Polizei vielleicht übersieht – und sie übersieht sie tatsächlich –, weil sie keine Indizien im üblichen Sinn sind, sondern nur kleine Ärgernisse, bei denen höchstens die sensible Miss Marple das Gefühl hat, daß irgend etwas nicht stimmt.

Dieses Gefühl, diese »weibliche Intuition«, wie man es auch nennt, beruht bei Miss Marple auf dem, was sie als ihre »Vergleiche« bezeichnet. Irgend etwas an einem Fall erinnert sie an einen Bewohner oder ein Erlebnis in ihrem Dorf St. Mary Mead. »Da der Mensch nun mal so ist, wie er ist« – wie sie gern sagt –, bringt sie eine solche Parallele oft auf die richtige Spur.

Im *Mord im Pfarrhaus* meint sie: »Im Grund geht es um das, was die Leute Intuition nennen und worum sie soviel Wind machen. Intuition ist so, als würde man ein Wort lesen, ohne es buchstabieren zu müssen. Ein Kind kann es nicht, weil es so wenig Erfahrung hat. Aber ein Erwachsener kennt das Wort, denn er hat es schon oft gelesen. Verstehen Sie, was ich meine, Herr Pfarrer?«

»Ja«, sagte ich langsam. »Ich glaube jedenfalls. Sie meinen, wenn Sie etwas an etwas anderes erinnert ... nun, dann ist es wahrscheinlich das gleiche.«

»Genau.«

Die Intuition wächst mit der Lebenserfahrung. Und wer hätte mehr Erfahrung als alte Menschen? Miss Marple schätzt alte Leute, besonders alte Frauen. In einer Welt, die alte Frauen häufig gern für »plemplem« hält, wenn sie umständlich sind und zuviel Getue machen, oder sie ignoriert, wenn sie so etwas nicht tun, gehört sie damit zu einer Minderheit. In *Das Schicksal in Person* trifft Miss Marple auf eine Gruppe von Fremden, von denen einer den Schlüssel zu einem Geheimnis besitzen könnte. Sie taxiert ihre Begleiter und überlegt:

»Und Miss Bentham oder Miss Lumley? Alte Mädchen! Sicherlich keine Verbrecherinnen, aber sie sind alt, sie könnten eine Menge Klatsch wissen oder irgendwelche Informationen haben oder eine aufschlußreiche Bemerkung machen, auch wenn sie sich nur über Rheumatismus, Arthritis oder ein Wunderheilmittel unterhalten.«

In *16.50 ab Paddington* wird ein raffinierter Mord nur deshalb aufgeklärt, weil Miss Marple die zugegebenermaßen phantastische Geschichte glaubt, die ihre betagte Freundin Elspeth McGillicuddy ihr erzählt.

Solche traditionellen weiblichen Schwächen in neuer positiver Bedeutung zu sehen ist zwar gut und schön, aber dagegen steht Agatha Christies konventionelle Meinung von den Frauen. In ihren Kriminalromanen und Stories wimmelt es von eifersüchtigen Frauen, Mitgiftjägerinnen (obwohl sie da keinen Unterschied zwischen den Geschlechtern macht) und dummen Frauen. In *Die Tote in der Bibliothek* heißt es von einer Frau, sie sei »eine von denen, die immer wieder heiraten könnten«, weil sie »eine gute Zuhörerin« ist. Miss Marple hat selbstverständlich nie geheiratet. Schon das allein ist ein ziemlich grober Verstoß gegen die Konventionen der damaligen Zeit. Und was noch mehr ist, Agatha Christie läßt sie sogar ungeschoren. Verächtliche oder mitleidige Bemerkungen, wie sie oft über alte Jungfern gemacht werden, fehlen fast ganz. Obgleich Miss Marple selbstverständlich nichts gegen die Ehe hat, betrachtet sie die geheiligte Institution mit einem gewissen Zynismus. »So viele Männer scheinen ihre Frauen umzubringen«, bemerkt sie in *16.50 ab Paddington.* »Wie oft ist ein Ehemann in einen Mord verwickelt«, sinniert sie in *Ruhe unsanft.*

Agatha Christies Romanfiguren brauchen nicht Miss Marples scharfen Verstand zu besitzen, um zu erkennen, wie schwierig die Beziehungen zwischen den Geschlechtern sein können. In *Ruhe unsanft* fährt Gwenda, die kürzlich Giles Reed geheiratet hat, nach England voraus, während ihr Mann aus beruflichen Gründen noch in Neuseeland zurückbleiben muß. Giles besteht darauf, daß sie schon ein Haus aussucht und einzieht, damit sie nicht »in Hotels herumhängt«. Gwenda durchschaut ihn. »Mit anderen Worten, ich soll dir alle Schwierigkeiten abnehmen.«

Dann gibt es noch den »Mann von Welt«, der vor seiner eigenen Weltfremdheit geschützt werden muß. Als in Arthur Bantrys Bibliothek die Leiche einer attraktiven jungen Frau gefunden wird *(Die Tote in der Bibliothek),* erfaßt der gesetzte Ex-Oberst die gesellschaftlichen Konsequenzen einfach nicht.

Mrs. Bantry und ihre Freundin Miss Marple müssen sich beeilen, den Mörder zu finden, ehe der »liebe alte dumme« Arthur aufwacht und begreift, daß die Leute reden und ihn schneiden werden.

Tatsächlich redet man nämlich bereits über Mrs. Bantry wie auch über Mr. Bantry. Miss Hartnell, eine Besserwisserin aus der Nachbarschaft, bemerkt hämisch:

»Sie kümmerte sich zu viel um ihren Garten und zu wenig um ihren Mann. Auf den Mann muß man immer ein wachsames Auge haben.« Und sie wiederholte bissig: »Immer!«

Manche Frauen halten allerdings mehr davon, ihre Geschlechtsgenossinnen zu schützen. In dem Theaterstück *Das Spinnennetz* schleppt die »gummigestiefelte« und »amazonenhafte« Miss Peake mutig einen Toten auf ihren Schultern weg, damit die Dame des Hauses nicht fälschlich des Mordes beschuldigt wird. »Ich sage immer, daß man zu seinem eigenen Geschlecht halten soll«, erklärt sie.

Dann und wann könnte man Miss Marple verdächtigen, ähnliche Gefühle zu hegen. In *Mord im Spiegel oder Dummheit ist gefährlich* (1962) heißt es zum Beispiel: »Wie gewöhnlich sprach Miss Marple das Wort Gentleman in einer Art aus, als beschreibe sie eine fremde Gattung.«

Übrigens ist diese Beschreibung eine leicht verfeinerte Fassung. In *Die Tote in der Bibliothek* von 1941 sprach Miss Marple das Wort noch aus wie »eine alte Jungfer, die vom anderen Geschlecht redet, als sei es eine wilde Tierart«.

Old Bailey

Das berühmteste Strafgericht der Welt

»Ich könnte nie eine Gerichtsszene schreiben«, erzählt Agatha Christie in ihrer Autobiographie. Sie sagte es zu dem Theaterproduzenten Peter Saunders.
»Ich habe keinen Schimmer von Verfahrensfragen. Ich würde mich blamieren.«
Aber das Schauspiel einer britischen Gerichtsverhandlung erwies sich letzten Endes als stärker. Agatha Christie konnte nicht widerstehen, und so schrieb sie die Kurzgeschichte *Zeugin der Anklage,* die ursprünglich keine Gerichtsszene enthielt, für die Bühne um. Sie beschloß, die Verhandlung im »Old Bailey« spielen zu lassen, dem damals wie heute für London und seine Umgebung zuständigen Gericht.
Das »Old Bailey«, sicherlich eines der berühmtesten Gerichte der Welt, heißt genau »Central Criminal Court«, Hauptstrafgericht. Der Ort, wo es steht, hatte schon immer mit dem Gesetz zu tun – das heutige Gebäude mit dem gewaltigen Kuppeldach und der Statue der Justitia erhebt sich dort, wo einst das berüchtigte Gefängnis von Newgate stand, dessen

Akten bis ins Jahr 1218 zurückreichen. Das jetzige Gebäude stammt aus dem Jahr 1907.
Die traditionellen schwarzen Roben und weißen Perücken der Anwälte und Richter, die altertümliche Sprache des englischen Rechts tun das Ihre, um jedem Prozeß von vornherein etwas von einer Theatervorstellung zu geben.
Jeder Frage an den Richter geht ein stereotypes »Wenn Euer Ehren erlauben« voraus, und Verteidiger und Staatsanwalt reden sich mit »mein gelehrter Herr Kollege« an. Die Anwälte müssen bei den Plädoyers außerordentlich vorsichtig sein – das Ritual ist genauestens zu befolgen. Immer wieder heißt es »Ich stelle dem Gericht anheim« und »Ich möchte nur die Ansicht ausdrücken, daß...« Jede Abweichung von den ungeschriebenen Regeln löst eine vernichtende Bemerkung des Richters aus.
In Großbritannien wurde 1969 die Todesstrafe abgeschafft; bis dahin war es die unangenehmste Aufgabe eines Richters am »Old Bailey«, das Todesurteil zu verkünden. Man legte ihm ein schwarzes Tuch auf den Kopf, und dann sprach er die Formel:
»Sie werden an den Ort zurückgebracht, von dem Sie kamen, und von dort zur Stätte der rechtmäßigen Hinrichtung, und dort wird man sie am Hals aufhängen, bis Sie tot sind, und Ihr Leichnam wird auf dem Gelände des Gefängnisses bestattet, in dem Sie vor Ihrer Hinrichtung eingesperrt waren, und möge der Herr Ihrer Seele gnädig sein.«

- Verpönt sind unbekannte, nicht nachweisbare Gifte sowie geheimnisvolle Chinesen.
- In einem Roman ist nicht mehr als ein Geheimgang oder Geheimzimmer erlaubt.
- Der Verbrecher muß im ersten Teil der Erzählung schon auftauchen. Er braucht jedoch die Gedanken des Lesers nicht ungewöhnlich zu beschäftigen.
- Alle übernatürlichen Fähigkeiten des Verbrechers wie des Detektivs sind verboten.
- Zwillingsbrüder und Doppelgänger sollen nicht auftreten, es sei denn, sie wurden dem Leser versteckt oder offen angekündigt.
- Der Verbrecher darf die Tat nicht begangen haben, weil er wahnsinnig ist. Der Autor muß die Tat dem Leser glaubhaft erklären können. Das Unmögliche muß also doch möglich gewesen sein, mag es aussehen, wie es will.
- Der Detektiv darf die Tat nicht selbst begangen haben.

Agatha Christies Giftschrank

Zwei Jahre arbeitete Agatha Christie in einer Krankenhausapotheke.
Dort sammelte sie ihre Kenntnisse – nicht nur über Medikamente

Es war im Ersten Weltkrieg, Ende 1914. England befand sich im Kriegszustand. Um ihren Teil für die britische Sache zu leisten, begann die jungverheiratete vierundzwanzigjährige Agatha Christie in einer Krankenhausapotheke ihrer Geburts- und Heimatstadt Torquay zu arbeiten. Zwei Jahre lang half sie, Medikamente an Patienten auszugeben, und lernte nebenbei eifrig für das Apothekerexamen.
»Manchmal hatte ich nachmittags allein Dienst ... Ich fing an zu überlegen, was für einen Kriminalroman ich schreiben könnte. Da ich von Giften umgeben war, war es vielleicht ganz natürlich, daß ich mich für Giftmord entschloß«, erzählt sie in ihrer Autobiographie. Schon in ihrem ersten Buch, *Das fehlende Glied in der Kette,* kam Gift als Mordwaffe vor. Und nach seinem Erfolg gab es kein Zurück mehr. Agatha Christie suchte überall nach giftigen Substanzen, von den alltäglichsten Haushaltsgiften bis zu den geheimnisvollsten Wirkstoffen. In ihren Romanen, Theaterstükken und Stories benutzte sie Gifte, die geschluckt, injiziert, eingeatmet und sogar durch die Poren aufgenommen werden.
Sie wußte eine Menge über tödliche Pulver und todbringende Flüssigkeiten. Aber sie hatte bestimmte Lieblingssubstanzen, zu denen sie immer wieder zurückkehrte.
Zyankali, ein weißes, kristallines Salz, führt die Liste

mit Abstand an. In wenigstens einem halben Dutzend ihrer Werke kommt jemand durch Zyankali um.
Die harmloseste Nebenwirkung von Zyankali besteht darin, daß es dem Atem des Opfers einen Geruch wie von bitteren Mandeln verleiht. Zu den schlimmeren Wirkungen gehören Benommenheit, Krämpfe, Atmungsversagen, Kollaps, Schaumbildung vor dem Mund und Exitus.
Zyankali wird normalerweise zum Auslaugen von Gold und Silber, zum Galvanisieren und zum Härten von Stahl verwendet. In Agatha Christies Werk dient es einem völlig anderen Zweck.
In *Mord nach Maß,* das vom Fluch einer Zigeunerin über eine bestimmte Gegend in England handelt, verrät den Mörder schließlich der Geruch nach bitteren Mandeln.
Ellie Rogers, eine reiche Amerikanerin und erstklassige Reiterin, kommt bei einem Reitunfall ums Leben. Die meisten Leute im Ort sehen nichts dahinter oder geben den üblen Machenschaften der alten Zigeunerin die Schuld. Aber ein zweiter ähnlicher Tod führt zur Lösung des Falles:
Ellies Freundin Claudia Hardcastle ist ebenfalls eine ausgezeichnete Reiterin, auch sie fällt vom Pferd. Die beiden Frauen standen sich sehr nahe und teilten alles, sogar Ellies Heuschnupfenmittel. Aber diese Unfälle – das ist zuviel des Guten.
Dr. Shaw, der Dorfarzt, erläutert: »Claudia starb genau wie Ellie, die beim Reiten vom Pferd stürzte. Sie war ebenfalls völlig gesund, aber sie fiel auch vom Pferd und starb. Nur dauerte es diesmal nicht so lange, verstehen Sie? Man war fast sofort bei ihr, und es roch noch nach Zyankali. Wenn sie ein paar Stunden im Freien gelegen hätte wie Ellie, wäre nichts mehr festzustellen gewesen – kein Geruch, nichts.«

Schlau, aber nicht schlau genug.
Ellie und Claudia sind nicht die einzigen. Die Liste der Zyankali-Opfer ist lang. In *Zehn kleine Negerlein,* einem der bekanntesten Kriminalromane von Agatha Christie, wird Emily Brent eine Prise Chloralhydrat in den Kaffee geschüttet, und sie verliert das Bewußtsein, aber den Rest gibt ihr dann eine Zyankaliinjektion. Adele, die Stiefmutter in *Das Geheimnis der Goldmine,* stirbt ebenfalls an Zyankali, wie auch Mona Symmington in *Die Schattenhand.*
Die Methoden, mit denen das Zyankali verabreicht wird, sind unterschiedlich. Einige Opfer schlucken es oder bekommen es injiziert, am häufigsten wird es in einer Flüssigkeit aufgelöst.
Natürlich sind es immer wieder andere. In *Blausäure* wählt Agatha Christie zu diesem Zweck Champagner. In *Das Geheimnis der Goldmine* wird es in den Tee geschüttet, in *Die Schattenhand* muß ein schlichtes Glas Wasser genügen.
Morphium ist ein weiteres Lieblingsgift von Agatha Christie. Die narkotische Substanz mit der chemischen Formel $C_{17}H_{19}O_3NH_2O$, das wichtigste Derivat des Opiums, kann die geistige und körperliche Leistung beeinträchtigen, den Sexualtrieb mindern, den Appetit hemmen und zu Konzentrationsschwäche, Launenhaftigkeit und Apathie führen. Alles typische Merkmale, die man bei den Christie-Opfern feststellen kann. Eine Überdosis ist natürlich meistens tödlich.
In mehreren Werken Agatha Christies ist sie es ebenfalls.
In *Lauter reizende alte Damen* wußte Mrs. Moody mehr, als gut für sie war, und eine Überdosis Morphium sorgte dafür, daß sie ihr Wissen nie gebrauchte. In *Morphium* lernten sowohl Laura als auch Mary

die tödliche Wirkung der Droge kennen. Leider kam die Lektion etwas zu spät.

Auch in *Der Todeswirbel* diente Morphium einem üblen Zweck. Rosaleens Schlafpulver war ausgetauscht worden, und nachdem sie ihre abendliche Dosis genommen hatte, dämmerte sie in einen traumreichen Morphiumschlaf hinüber, aus dem sie nie mehr erwachte. Ein sauberes, problemloses und wirksames Verfahren.

Auch Herzmittel werden zweckentfremdet. Ein kenntnisreicher Mörder, der zufällig erfährt, daß sein potentielles Opfer Medikamente wie Digitoxin oder Strophantin nehmen muß, hat es viel leichter.

In *Der Tod wartet* und *Alter schützt vor Scharfsinn nicht* wird der Tod herbeigeführt durch Digitoxin, ein Mitglied der Digitalis-Reihe mit der chemischen Formel $C_{41}H_{64}O_{13}$.

Herzpatienten nehmen Digitoxin, um die Geschwindigkeit und Kraft der Kontraktionen des Herzmuskels zu erhöhen. Eine Überdosis kann jedoch die Pulstätigkeit verlangsamen, die Weiterleitung der Nervenimpulse zum Herzmuskel verzögern und das Herz veranlassen, zuviel Blut zu pumpen. Und als ob das noch nicht genug wäre, gibt es weitere schädliche Wirkungen wie Übelkeit, Erbrechen und Sehstörungen. Kein Wunder, daß das Herz zuletzt nicht mehr mitmacht.

Medikamente, die ohnehin für den menschlichen Gebrauch bestimmt sind, läßt Agatha Christie ihren Akteuren also zukommen – oft mehr, als ihnen guttut. Aber wir dürfen auf keinen Fall eine andere Lieblingssubstanz von ihr vergessen: das Strychnin.

Strychnin, ein äußerst giftiges Alkaloid im Samen der Brechnuß (Strychnos nux vomica) – die chemische Formel lautet $C_{21}H_{22}N_2O_2$ – dient seit über fünfhun-

dert Jahren als Rattengift. Es regt das Rückenmark an und führt zu heftigen Krämpfen und Schluckbeschwerden.

Überflüssig zu sagen, daß nur die menschlichen Ratten in den Kriminalromanen und Stories Strychnin benützen. In *Der seltsame Mr. Quin,* einem Buch, das förmlich von Leuten wimmelt, die eines unnatürlichen Todes sterben, wird Mr. Appleton mit Strychnin ins Jenseits befördert.

Aber Agatha Christie kennt keine Grenzen, wenn es um Gifte geht. Zu den weiteren Substanzen in ihrer Apotheke mit den schmutzigen Tricks gehören Nikotin, ein flüssiges Alkaloid, das zu Atemversagen und Lähmung führt und in dem gleichnamigen Buch eine Rolle spielt; Chloralhydrat, ein Stoff, der dämpfend auf das zentrale Nervensystem wirkt und sich in *Ein gefährlicher Gegner* und *Auf doppelter Spur* als sehr nützlich erweist; Zyanwasserstoff (Blausäure), ein Gas, das in den Landwirtschaft als Desinfektionsmittel und in *Die großen Vier* als wirksame Mordwaffe dient; und schließlich Hyoszin oder Skopolamin, ein Alkaloid, das das zentrale Nervensystem beeinflußt und zu Delirium, Wahnvorstellungen, Lähmung und Stupor führt und in dem Theaterstück *Schwarzer Kaffee* verwendet wird.

Und dann gibt es noch das Gift des Dispholidus typus, besser bekannt als südafrikanische Baumschlange, eines der giftigsten Reptile, die auf der Welt existieren.

In *Tod in den Wolken* stirbt Madame Giselle, eine französische Geldverleiherin, während sie im Flugzeug sitzt. An ihrem Hals findet man ein rotes Mal, zu ihren Füßen einen Gegenstand, der aussieht wie eine Wespe. Sie starb durch einen Pfeil aus einem Blasrohr, der in das Gift der Baumschlange getaucht wor-

den war, eine Substanz, die akute Blutungen unter der Haut hervorruft und die Herztätigkeit lähmt.
In der Fülle von Kriminalromanen, Stories und Theaterstücken, die Agatha Christie schrieb, gibt es sicherlich Dutzende von Menschen, die durch Gift getötet wurden – und das alles begann, weil eine junge Frau an ruhigen Nachmittagen allein in einer Krankenhausapotheke saß und nachdachte.
Mrs. Ellis, die damals Agatha Christies Vorgesetzte war, muß auf ihre gelehrige Schülerin sehr stolz gewesen sein.

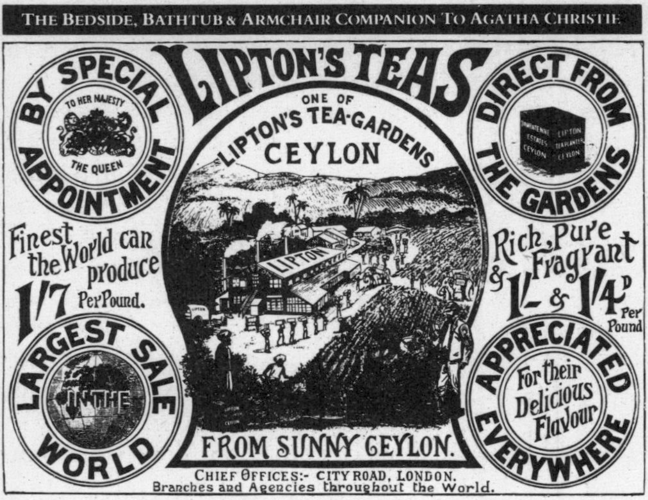

Das britische Teezeremoniell

»Wenn sie es nur bis nach Hause schaffte, dachte Miss Marple. Nach einer Tasse Tee würde sie sich sicherlich besser fühlen.
Da kam der Tee auch schon. Kanne und Tasse standen auf einem Tablett, zusammen mit einem Teller mit vier Plätzchen.« *(Mord im Spiegel oder Dummheit ist gefährlich)*
Laut Webster's Konversationslexikon ist Tee »ein aromatisches Getränk, bereitet mit kochendem Wasser und den Blättern eines Strauchs der Familie Theazeen, der vor allem in China, Japan und Ostindien angebaut wird«. In Wahrheit ist er weit mehr, als eine solch sachliche Beschreibung vermuten läßt. Er ist nämlich auch die Bezeichnung für ein gesellschaftliches Zeremoniell, das in England und in Agatha Christies Kriminalromanen eine große Rolle spielt.
Zum ersten Mal wird der Tee in England 1615 erwähnt,

als ein Teehändler einem anderen schreibt, er möge ihm »einen Topf vom besten Tscha schicken« – er benutzte noch das chinesische Wort für Tee.
Im Jahre 1662 heiratete Karl II. Prinzessin Katharina von Braganza. Katharina wurde die erste teetrinkende englische Königin und machte ihn zum Modegetränk für Damen. Sie führte »Teesitten« ein: Wenn eine Dame genug hatte, legte sie den Löffel quer über die Tasse oder klopfte mit dem Löffel dezent gegen sie, damit einer der anwesenden Gentlemen sie ihr abnahm. Wenn eine Dame auf keinen Fall nachgeschenkt haben wollte, konnte sie die Tasse umgestülpt auf die Untertasse stellen, ein Brauch, den es immer noch gibt. Allerdings ist er nicht mehr chic, sondern spießig.
Der Nachmittagstee im eigentlichen Sinn wurde von Anna, der Frau des Herzogs von Bedford, eingeführt. Sie ließ um fünf Uhr Tee und Gebäck servieren, weil sie um diese Zeit immer einen »toten Punkt« hatte. Im 19. Jahrhundert nahm man nämlich ein reichhaltiges Frühstück zu sich, aber das Mittagessen glich eher einem leichten Imbiß, bei dem kein Personal zugegen war. Da das Dinner erst um acht Uhr serviert wurde, ist es kein Wunder, daß die Herzogin (und, wie man annehmen darf, auch andere Sterbliche) am späten Nachmittag das Bedürfnis nach einer kleinen Stärkung hatte. Heute nimmt die englische Oberschicht ihren Nachmittagstee gegen vier Uhr ein und ißt dazu Kuchen, Gebäck und Kekse.
Noch um die Jahrhundertwende verstanden die Mittelschicht und die Arbeiterklasse unter »Tee« die abendliche Hauptmahlzeit, die nach der Rückkehr von der Arbeit gegen sechs Uhr eingenommen wurde. Da gab es zum Beispiel Wildpastete, Schinken, Eier, Brunnenkresse, rote Beete, Mispelmarmelade, Apfelkuchen und – natürlich – Tee.

Man schätzt, daß die Bewohner der britischen Inseln heute pro Jahr ungefähr 215 Millionen Kilogramm Tee kaufen, was einem täglichen Verbrauch von etwa sechs Tassen pro Kopf entspricht.
Londoner Geschäftsleute können auch heute noch damit rechnen, daß eine Schreibkraft oder Sekretärin gegen vier Uhr hereinkommt und eine Tasse Tee bringt. Die Teepause wird nicht aussterben, ungeachtet der Sorgen von Miss Marple:
»Vielleicht findest du mal Zeit, mit mir Tee zu trinken«, sagt sie in *Mord im Spiegel* zu ihrem Neffen, Chefinspektor Craddock. »Falls du überhaupt noch Tee trinkst. Heute wollen die meisten jungen Leute nur noch Drinks und so etwas. Tee am Nachmittag ist für sie etwas sehr Altmodisches.«

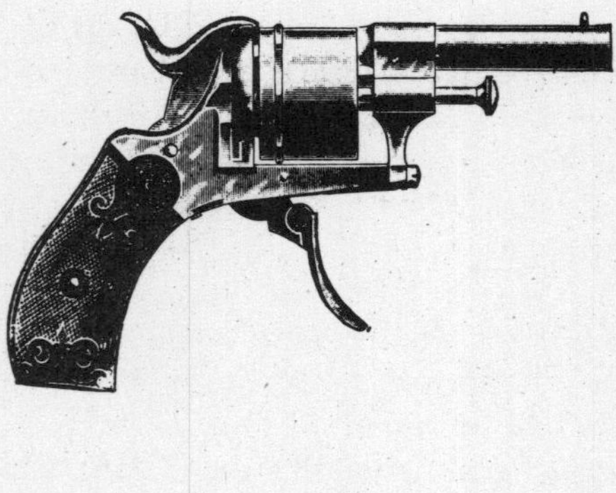

Scotland Yard und London

Wie schafft es die britische Polizei ohne Hercule Poirot und Miss Marple?

Schon in Agatha Christies erstem Kriminalroman *Das fehlende Glied in der Kette* begegnen wir Scotland Yard, und zwar in der Person des Kriminalinspektors James Japp.

»In einem Fall wie diesem ist der Yard im Nachteil«, erklärt Japp seinem Kollegen, »weil gewissermaßen erst nach der gerichtlichen Voruntersuchung feststeht, daß es Mord war. Es hängt viel davon ab, daß man schnell am Ort der Tat ist, und da war Monsieur Poirot im Vorteil.«

Auf dieser Basis sollte die Beziehung der beiden Männer über fünfzig Jahre weitergehen. Bei der Aufklärung ihrer Fälle konnten sich Japp und seine fiktiven Kollegen auf Poirots »graue Zellen« und seine exzentrischen Gewohnheiten verlassen. Im wirklichen Leben verläßt sich Scotland Yard allerdings lieber auf die mehr als tausend Beamten, die Verbrecherkartei und das gerichtsmedizinische Labor, um Übeltäter aufzuspüren.

»New Scotland Yard« ist nicht nur das Hauptquartier der Londoner Stadtpolizei, sondern beherbergt auch die Kriminalpolizei, das CID (Criminal Investigation Department). Der Name leitet sich von einem alten Palast ab, in dem Angehörige des schottischen Königshauses wohnten, wenn sie nach London kamen. Dort, wo der Palast einst stand, wurde später der Amtssitz des Polizeipräsidenten erbaut. Und der Name wurde so bekannt, daß man nach dem Umzug in ein neueres und größeres Gebäude gar nicht anders konnte, als es »New Scotland Yard« – Neuer Scotland Yard – zu nennen.

Die erste Polizeiordnung für England geht zurück bis auf das Statut von Winchester im Jahre 1285 und bestand mit geringfügigen Änderungen bis 1829, über fünfhundert Jahre. Erst dann wurde die moderne Polizeitruppe geschaffen.
Anfangs war das Verfahren unkompliziert: Man wählte honorige Bürger – also Laien – aus, die für Ruhe und Ordnung sorgen sollten. Ein Constable wurde ernannt, der für ein bestimmtes Gebiet zuständig war und die Aufgabe hatte, ungesetzliche Aktivitäten zu melden und Gesetzesbrecher festzunehmen. Das System funktionierte einigermaßen, solange die Verbrecher mehr oder weniger in derselben Gegend blieben, doch in größeren Orten und Städten war man bald am Ende, vor allem in London mit seinen vielen Menschen und seiner drückenden Armut.
Jahrhundertelang war es praktisch nicht möglich, London zu einer sicheren Stadt zu machen. Anfang des 18. Jahrhunderts galt die britische Metropole als höchst gefährlicher Ort. Gewalttaten und Krawalle waren an der Tagesordnung, drakonische Strafen hatten kaum eine abschreckende Wirkung.
1748 wurde der Schriftsteller Henry Fielding zum Richter am Gericht in der Bow Street ernannt. Er rief die sogenannte Bow-Street-Polizei ins Leben, eine Abteilung von Männern, die in den Straßen Streife ging. Außerdem organisierte er die berühmten »Bow Street Runners«, eine Truppe von fünfzehn Polizisten, die als Kriminalbeamte arbeiteten. In Wirklichkeit waren es Privatdetektive. Sie verlangten Bezahlung, ehe sie mit den Ermittlungen zu einem Fall begannen. Die Truppe existierte bis 1839.
1821 hatte die Bow-Street-Polizei ihre Streifen bis in die Londoner Vororte ausgedehnt. Der Hauptgrund waren die großen, unbeleuchteten und ziemlich einsa-

men Parks und das Heideland in und um die Hauptstadt. Gegenden wie Hounslow Heath und Hampstead Heath waren wegen ihrer Straßenräuber berüchtigt. Bei Dunkelheit mit der Kutsche hindurchzufahren blieb eine riskante Sache.
Der Mann, der die Grundlage für die heutige Organisation schuf, war der britische Innenminister Sir Robert Peel. Er faßte alle vorhandenen Systeme, die der Erhaltung von Ruhe und Ordnung dienten, zusammen und gründete die »Metropolitan Police«, die Londoner Stadtpolizei. Es wurde keine nationale Einrichtung daraus. Noch heute gibt es allein in England und Wales 47 selbständige Polizeitruppen. Aber die »Metropolitan Police«, weitgehend nach dem Vorbild der Armee organisiert, war das Modell für sie alle.
Die Polizei verdankt Peel auch einen ihrer ersten Spitznamen »peelers«, auf deutsch etwa soviel wie Polypen. Die populäre Bezeichnung Bobby für den Londoner Polizisten leitet sich von Peels Vornamen ab.
Leider bestimmte der Innenminister auch das Gehalt, das seinen Männern gezahlt werden sollte: drei Shilling pro Tag. Der Durchschnittslohn für einen Facharbeiter lag wesentlich höher. Und so kam es, daß die Polizeibeamten mit ihrer Bezahlung unzufrieden waren. Und das sind sie bis heute geblieben.
Wegen Lohnstreitigkeiten streikten sie 1872 zum ersten Mal. 109 Beamte wurden entlassen.
Ein zweiter Streik, achtzehn Jahre später, bei dem die Männer nicht nur berechtigte Forderungen nach mehr Geld erhoben, sondern auch einen freien Tag in der Woche verlangten, war ebenso erfolglos. Den freien Tag setzten sie erst 1910 durch.
Die Kriminalpolizei und die anderen Sondereinrichtungen – das gerichtsmedizinische Labor gilt als eines

der besten der Welt – sind der Grund, warum der Yard oft bei Verbrechen um Hilfe gebeten wird, die außerhalb seines Zuständigkeitsbereichs geschehen. Polizeibehörden aus der Provinz fordern Kriminalbeamte von Scotland Yard an, damit sie sie bei einem schwierigen Fall unterstützen, und wenn die Bitte rechtzeitig erfolgt – wenn die Spuren also noch frisch sind –, wird sie nie abgelehnt.

Doch trotz Hercule Poirot und Miss Marple, trotz Sherlock Holmes und Lord Peter Wimsey kann sich der Yard erst dann einmischen, wenn die Ortspolizei ihn ausdrücklich dazu auffordert.

London

Schon im 14. Jahrhundert war London eine der größten Städte Europas. 1377 hatte es an die 40000 Einwohner. Als Folge der Klosterauflösungen unter Heinrich VIII. erlebte die Stadt ein sprunghaftes Anwachsen der Bevölkerung, was zusammen mit dem verstärkten Zuzug aus der Provinz erhebliche soziale Probleme mit sich brachte. Im Lauf des 17. Jahrhunderts stieg die Einwohnerzahl auf 550000, ein Zehntel der Gesamtbevölkerung.

Das heutige London hat etwa 6,5 Millionen Einwohner.

Agatha Christies Opfer

Sie gaben ihr Leben für die Kunst des Kriminalromans

Wir alle erinnern uns, daß Hercule Poirot ein gewisses Talent für das *mot juste* besaß und Jane Marples Augen gelegentlich funkelten. Wir erinnern uns an viele Hinweise in den Mordfällen, die die beiden lösten. Zum Beispiel an die Affenpfoten in *Ruhe unsanft* oder an das verbrannte Stück Papier in *Mord im Orientexpress*. Wer der Täter war, fällt uns ein, ohne daß wir lange überlegen müssen, und oft glauben wir, daß wir den Betreffenden die ganze Zeit in Verdacht hatten. Doch das alles wäre unwesentlich, wenn es die Schlüsselfigur nicht gäbe, die Figur in Agatha Christies Kriminalromanen, die am wenigsten beachtet wird: das Opfer.

Dame Agatha, eine der letzten Vertreterinnen des viktorianischen Bewußtseins in einer Epoche des Umbruchs, glaubte zumindest in einer Hinsicht an Gleichheit: Ob reich oder arm, ob Graf oder Putzfrau, Pfarrerstochter oder Geldverleiherin, sie alle hatten in ihrer Welt etwas gemeinsam – sie waren Mordopfer. Wer könnte verschiedener sein als der wohlhabende Simeon Lee aus *Hercule Poirots Weihnachten* und der arme Henry Gascoigne aus *Vierundzwanzig Schwarzdrosseln*. Oder als der junge Graf Cronshaw aus *Auch Pünktlichkeit kann töten* und die 64jährige Witwe Mrs. McGinty, die in *Vier Frauen und ein Mord* putzt. Oder als Maggie Buckley, die unverheiratete Tochter eines Pfarrers aus Yorkshire, die in *Das Haus an der Düne* daran glauben muß, und Marie Morisot, eine ältere Witwe, die in *Tod in den Wolken* Angehörigen der

britischen und französischen Oberschicht Geld leiht! Reichtum und Armut, Titel und Titellosigkeit, Beruf und Beziehungen sind kein Hindernis für das demokratische Vermächtnis der wohl zweifelhaftesten Auszeichnung der Autorin: zu sterben von menschlicher Hand statt eines natürlichen Todes.

Da die Opfer aus den unterschiedlichsten gesellschaftlichen Gruppen kommen, sollte man annehmen, daß sie sich dem Bewunderer der Werke Agatha Christies einprägen und im Gedächtnis bleiben. Das stimmt nicht. »Aus den Augen, aus dem Sinn«, könnte die Grabinschrift für alle Christie-Toten heißen.

Kaum daß man umgeblättert hat, geraten sie schon in Vergessenheit. Aber nicht etwa, weil sie blaß und farblos wären. Linna Doyle zum Beispiel, ein Opfer in *Tod auf dem Nil*, übersieht man nicht so leicht. Sie ist »ein Mädchen mit goldblondem Haar und regelmäßigen, hochmütigen Zügen – ein Mädchen mit einer entzückenden Figur – ein Mädchen mit Millionen«. Wie ihre Freundin Joanna Southwood sagt: »Du hast einfach alles. Du kannst schon mit zwanzig tun und lassen, was du willst, du schwimmst im Geld, siehst großartig aus, bist gesund und hast sogar Verstand.«

Miss Boyle, die zweite »Maus« in *Die Mausefalle,* ist ebenfalls ein Opfer mit einer starken Persönlichkeit. Sie ist eine »große, einschüchternde Frau mit lauter Stimme und herrischem Auftreten«, die alle Leute tyrannisiert. Im Augenblick sucht sie eine Pension mit »farblosen alten Jungfern, die sie mit ihrer gesellschaftlichen Stellung und ihren Beziehungen beeindrucken kann«. Obwohl sie behauptet: »Ich bin imstande, selbst auf mich aufzupassen«, versagt sie schmählich. Trotzdem – eine so energische Dame übersieht man nicht so leicht.

Auch an den menschlichen Qualitäten kann es nicht liegen, daß wir die Opfer nicht beachten. In Agatha Christies Büchern werden gute wie schlechte Menschen ermordet, und das nicht zu knapp. An keinen erinnert man sich besonders. Man könnte einwenden, daß die unangenehmen Zeitgenossen, die manche Romane bevölkern, es verdient hätten.

Kein Leser, der auch nur die Spur eines Gewissens hat, kann etwas anderes als Genugtuung empfinden, wenn die exzentrische Mrs. Boynton in *Der Tod wartet* in ein frühes Grab sinkt. Sie ist eine reiche amerikanische Witwe mit einem Hang zu Grausamkeit und Sadismus und terrorisiert ihre Kinder so, daß sie an nichts anderes mehr denken können als an das Wohlergehen ihrer Mutter. Mr. Ratchett, ein gemeiner Kidnapper, Berufsverbrecher und Mörder, bittet Poirot sechs Stunden, ehe er selbst umgebracht wird, um Schutz.

Der scharfsinnige Poirot faßt seine Ablehnung lakonisch wie folgt zusammen: »Sie verstehen mich nicht, Monsieur. Verzeihen Sie, wenn ich persönlich werde, aber ich will Ihren Fall nicht übernehmen, weil mir Ihr Gesicht nicht gefällt.« Ratchetts Tod, das zentrale Ereignis in *Mord im Orientexpress* löst gewiß keine Welle des Mitleids aus.

Erpresser sind bei Agatha Christie befriedigende Mordopfer, weil sie ohne Ausnahme eine aufregende, aber kurze Laufbahn haben. Amberiotis, der unheimliche Grieche in *Das Geheimnis der Schnallenschuhe* und Louise Bourget, die französische Zofe in *Tod auf dem Nil* werden rasch erledigt, ohne daß ihnen jemand eine Träne nachweint.

Eindeutig haben diese schurkischen Opfer genau das verdient, was sie bekommen. Ihre Mörder befördern sie ins Jenseits, und der Leser verliert sie aus dem Gedächtnis.

Aber betrachten wir die zweite, mit Abstand größere Gruppe der Opfer! Über die dazu gehörenden Frauen und Männer ließe sich schlimmstenfalls sagen, daß sie unbedeutend, dumm, leichtgläubig oder kurzsichtig sind. Einige von ihnen sind allerdings Musterexemplare, randvoll mit guten Eigenschaften.

Selbstverständlich repräsentieren diese Opfer eine breite Skala von menschlichen Typen. Um das zu illustrieren, sollte man vielleicht zwei Extreme nehmen: am einen Ende Edna Brent aus *Auf doppelter Spur*, am anderen Elizabeth Margaret Temple aus *Das Schicksal in Person*. Edna Brent ist Anfang Zwanzig, pummelig, unbeholfen, nicht sehr gescheit, aber sie meint es immer gut, die Verkörperung des armen Teufels, der zwischen alle Feuer gerät. Dagegen ist Elizabeth Margaret Temple, die frisch pensionierte Rektorin einer teuren Mädchenschule, groß und sportlich. Sie hat

eine klare, scharfe Stimme und ist ehrlich und intelligent.
Zwischen diesen beiden Extremen kommen alle möglichen Leute vor. Rosemary Barton, die ihr Waterloo in *Blausäure* erlebt, ist eine schöne, reiche Frau, die nichts anderes im Kopf hat als Gedanken an das nächste Fest. Ihr Mann George Barton ist ein erfolgreicher Unternehmer, dessen auffallendstes Persönlichkeitsmerkmal darin besteht, daß er nicht viel Persönlichkeit hat. Trotzdem – er ist ein gütiger Mann, der seine Frau sehr liebt, was seine Bereitschaft erklärt, ihr in den Tod zu folgen.
Die alte Emily French ist »reich, exzentrisch, lebt allein mit einem Hausmädchen und besitzt nicht weniger als acht Katzen. Sie redet oft davon, daß sie einsam und unglücklich sei.« Sie ist jedoch »eine willensstarke alte Frau, bereit, den Preis für das zu zahlen, was sie haben will«. In *Zeugin der Anklage* bezahlt sie sehr teuer. Rachel Argyle aus *Feuerprobe der Unschuld* ist eine Frau mittleren Alters mit einem ererbten Vermögen und hat ihr Leben dem Dienst am Nächsten verschrieben, vor allem kümmert sie sich um Kinder. Dr. John Christow aus *Das Eulenhaus* ist ein erfolgreicher Chirurg mit einer Praxis in der Harley Street, knapp vierzig Jahre alt, groß, blond und sieht auffallend gut aus. Seine Energie und Vitalität faszinieren die Leute.
Zugegeben, diese Menschen sind vielleicht keine großen Vorbilder. Aber nach gewöhnlichen Maßstäben waren sie gute Menschen, die ein nützliches Leben führten. Sie verdienten es nicht, ein gewaltsames Ende zu finden.
Warum weckt die Ungerechtigkeit ihres Todes bei uns kein Mitleid? Warum vergessen wir Leser die armen Menschen so schnell, während wir mit brennendem Interesse den Aktivitäten des Detektivs folgen, um ihm

bei der Suche nach dem Schuldigen möglichst zuvorzukommen?
Vielleicht gibt es dafür eine sehr einfache Erklärung: Wir werden nicht gern daran erinnert, daß wir keine besseren Garantien für Sicherheit und Gesundheit haben als die Opfer. In unserer Verwundbarkeit sind wir alle gleich. Ob reich oder arm, beliebt oder verhaßt, mächtig oder unbedeutend, gut oder schlecht, intelligent oder dumm, jung oder alt, Mann oder Frau – keiner ist sicher. Ein schreckliches Schicksal kann überall lauern – wenn nicht unterm Bett, dann auf jeden Fall an der nächsten Straßenecke.
Es macht keinen Spaß, sich mit Verlierern zu identifizieren.

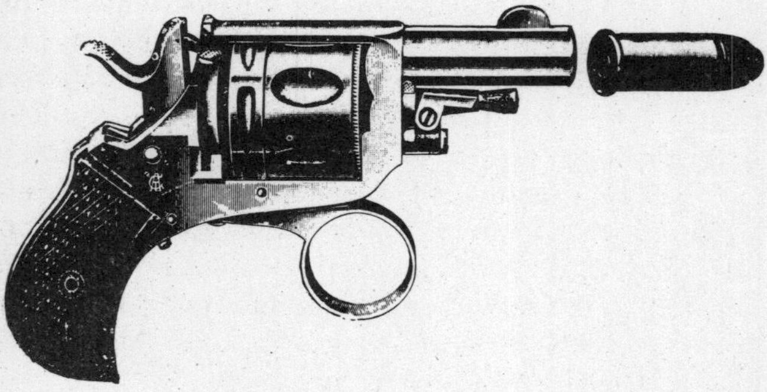

Die Reise nach Syrien

Agatha Christies zweiter Mann, Max Mallowan, war Professor für Westasiatische Archäologie an der Londoner Universität. Das Ehepaar unternahm zahlreiche ausgedehnte Reisen zu Ausgrabungsstätten im Vorderen Orient, von denen Agatha Christie detailliert und begeistert berichtete. Die archäologische Reise nach Syrien fand vor Ausbruch des 2. Weltkrieges statt. Agatha Christie schilderte die Reisevorbereitungen auf unnachahmliche Weise in ihrem Buch »Erinnerungen an glückliche Tage« (Lübbe Verlag, 1977).

In wenigen Wochen fahren wir nach Syrien!
Wer sich im Herbst oder Winter für das heiße Klima ausrüsten will, stößt auf gewisse Schwierigkeiten. Die optimistische Hoffnung, daß die Sommerkleider vom letzten Jahr »es noch tun«, trügt, sie »tun« es nicht mehr im entscheidenden Augenblick. Erstens wirken sie – an die bedrückenden Vermerke in den Aufstellungen von Transportfirmen erinnernd – »abgestoßen«, »zerkratzt«, »reparaturbedürftig« (zudem noch »eingelaufen, verblichen, absonderlich«). Und zweitens – leider, leider muß es gesagt sein – sind sie an allen Ecken und Enden zu eng.
Drum: auf in die Läden und Warenhäuser.
»Ja, gnä' Frau, das ist *jetzt* nicht gefragt. Aber wir haben hier ein paar sehr hübsche Kostümchen – in gedeckten Farben –, für große Größen.«
Ach, diese gräßlichen großen Größen. Wie erniedrigend, eine große Größe zu sein. Wieviel schlimmer

noch, sofort als große Größe erkannt zu werden. (Es gibt zwar auch glücklichere Tage, an denen ich, in einen gerade geschnittenen, langen und schwarzen Mantel, mit dem berühmten üppigen Pelzkragen gekleidet, die Verkäuferin aufmunternd flöten höre: »Gewiß ist gnä' Frau nur mollig – Größe 44?«) Ich sehe mir die Kostümchen an mit ihren unerwarteten Pelzbesätzen und den Faltenröcken. Niedergeschlagen erkläre ich, daß mir ein Kleid aus Waschseide oder Baumwolle vorschwebt.

»Gnä' Frau, suchen Sie doch unsere Segelabteilung auf.«

Sie sucht unsere Segelabteilung auf – ohne allzu große Zuversicht. Segeln umweht auch heute noch ein Hauch von Romantik, ein arkadisches Lüftlein. Junge Mädchen gehen segeln, sie sind schlank und frisch und tragen knitterfreie Leinenhosen, die enorm weit um die Fesseln schlabbern und hauteng um die Hüften sitzen. Junge Mädchen sind entzückend, wenn sie im Bikini baden. Und junge Mädchen sind die Kundinnen, die man für achtzehn verschiedene Modelle von Shorts im Auge hat.

Das elfenhafte Geschöpf von unserer Segelabteilung zeigt wenig Wohlwollen: »Aber nein, gnä' Frau, wir führen keine großen Größen.« (Leises Entsetzen: große Größen – und Segeln? Wo bleibt da die Stimmung?) Es fügt noch hinzu: »Das paßt wohl nicht zusammen, oder?« Betrübt gebe ich ihr recht.

Mir bleibt die eine Hoffnung: unsere Tropenabteilung.

Unsere Tropenabteilung bietet vor allem Tropenhelme an: braune Helme, weiße Helme, Patenthelme. Die zweispitzige Variante mit ihrem kecken Einschlag wird eine Spur schief getragen, sie leuchtet in den diversen Schattierungen von Rosa, Blau und Gelb wie

fremde Dschungelblüten. Überdies finde ich ein riesiges Holzpferd im Angebot und eine Auswahl an Reithosen.
Doch da gibt's auch noch anderes, zum Beispiel die passende Garderobe für die Gattinnen der Gouverneure des Britischen Weltreichs. Schantungseide! Schlicht geschnittene Röcke mit langem Jackett aus Schantung, ohne jedes jugendliche Kinkerlitzchen, kleiden die voluminöse Figur ebensogut wie die hagere. Ich verschwinde mit verschiedenen Modellen und Größen in einer Umkleidekabine, und nur wenige Minuten später bin ich in eine Memsahib verwandelt. Ich unterdrücke meine Zweifel – schließlich sind diese Sachen luftig und praktisch, und ich passe erst noch hinein.
So wende ich mich mit gesammelter Aufmerksamkeit der Wahl der richtigen Kopfbedeckung zu. Der gewünschte Hut ist im Augenblick nicht aufzutreiben, ich muß ihn machen lassen. Das ist keineswegs so einfach, wie es klingt.
Was mir vorschwebt und was ich haben möchte und was ich mit an Gewißheit grenzender Wahrscheinlichkeit nicht erhalten werde, ist ein gutsitzender Filzhut in vernünftigen Proportionen. Solche Hüte trug man vor zwanzig Jahren beim Golf oder beim Spazierengehen mit den Hunden. Jetzt gibt es nur diese Dingerchen, welche die Frauen auf den Kopf kleben, übers Auge, übers Ohr oder in den Nacken, wie es die Mode gerade diktiert – oder eben jenen Zweispitz mit mindestens einem Meter Durchmesser. Ich lege dar, daß ich einen Hut möchte wie den Zweispitz, doch soll der Rand bloß ein Viertel so breit sein. »Aber nur der breite Rand schützt Sie vor der Sonne, gnä' Frau!«
»Gewiß, aber ich fahre in eine schrecklich windige

Gegend, da hält ein Hut mit einem solchen Rand keine Minute auf meinem Kopf.«
»Wir könnten ein Gummiband annähen ...«
»Ich möchte einen Hut, dessen Rand Sie an diesem Hut hier abmessen können.«
»Natürlich, gnä' Frau, mit einem flachen Kopf wird das ein entzückendes Modell.«
»Keinen flachen Kopf! Der Hut muß sitzen!!«
Sieg! Wir suchen die Farbe aus, eine dieser neuen Kreationen mit den hübschen Namen wie Staub, Rost, Schlamm, Asphalt, Asche etc.
Noch ein paar kleinere Einkäufe, von denen ich jetzt schon instinktiv weiß, wie nutzlos oder beschwerlich sie mir sein werden. Eine Reisetasche mit Reißverschluß, zum Beispiel. Das moderne Leben mit all seinen Komplikationen wird von dem grausamen Reißverschluß beherrscht. Er öffnet Blusen, er schließt Röcke, er hält Skianzüge zusammen. Und die »kleinen Kleidchen« haben, aus Jux, die überflüssigsten Reißverschlüsse.
Warum bloß? Nichts kann einen mehr entnerven als ein widerspenstiger Reißverschluß. Er bringt uns in eine mißlichere Lage als jeder Knopf, Straps, Haken, jede Öse oder Spange.
In der Frühzeit des Reißverschlusses ließ sich meine Mutter aus lauter Begeisterung ein Korsett mit dieser wunderbaren Neuerung anfertigen – es hatte die unglücklichsten Konsequenzen. Das erste Schließen des Reißverschlusses war bereits ein Akt äußerster Pein, doch später verweigerte das Korsett eigensinnig das Hinabgleiten des Schiebers. Es bedurfte geradezu eines chirurgischen Eingriffs, um meine Mutter zu befreien. Und angesichts ihrer köstlichen viktorianischen Prüderie schien es zunächst durchaus möglich, daß die Gute den Rest ihres Lebens in dieser moder-

nen Form des Keuschheitsgürtels ausharren müßte. Deshalb habe ich Reißverschlüsse seit jeher mit Vorsicht betrachtet. Offenbar sind nur Reisetaschen mit Reißverschluß auf dem Markt.
»Die altmodischen Schlösser werden nicht mehr hergestellt, gnä' Frau«, bemerkt der Verkäufer mit einem mitleidigen Blick. »Übrigens ist es ganz einfach, sehen Sie nur.« Er macht es mir vor. Ohne Zweifel, es ist wirklich ganz einfach – aber jetzt ist die Tasche auch leer.
»Nun gut.« Ich gebe seufzend nach. »Man muß mit der Zeit gehen.« Und voll böser Ahnungen kaufe ich die Reisetasche.
Damit bin ich die stolze Besitzerin einer Reisetasche mit Reißverschluß, des Jacketts und des Rocks einer Memsahib sowie eines möglicherweise befriedigenden Hutes.
Allerdings gibt es noch einiges andere zu erledigen. Ich begebe mich in die Schreibwarenabteilung hinüber und erstehe mehrere Füllfederhalter und Biros. Nach meiner Erfahrung kann sich nämlich ein Füllfederhalter in England vorbildlich aufführen, um in gottverlassenen Gegenden auf sein Streikrecht zu pochen und sich dementsprechend zu benehmen, indem er entweder wahllos über mich, meine Kleider, meinen Notizblock und alle erreichbaren Gegenstände Tinte spuckt oder mit spröder Zurückhaltung unsichtbare Krakel auf das Papier setzt. Ich nehme noch Bleistifte, bescheidene zwei Stück. Bleistifte haben zum Glück kein Temperament, sondern nur eine Neigung zu stillem Verschwinden, doch da werde ich eine sichere Quelle anzapfen. Wozu ist denn ein Architekt nütze, wenn er nicht Bleistifte ausleiht?
Der nächste Einkauf besteht aus vier Armbanduhren. Die Wüste ist nicht uhrenfreundlich. Schon nach we-

nigen Wochen hört dort das regelmäßige Ticken auf. Zeit, findet unsere Uhr, ist nur eine Dimension menschlicher Vorstellung, und je nach Laune bleibt sie acht-, neunmal am Tag für zwanzig Minuten stehen oder geht im Eilschritt vor. Gelegentlich wechselt sie zwischen beiden Spielarten ab. Schließlich bleibt sie stehen, und man holt Armbanduhr Nr. 2 hervor etc. Überdies versorge ich mich noch mit zwei, vier oder auch sechs Taschenuhren, um für den Augenblick gerüstet zu sein, in dem mein Mann an mich herantritt: »Ach, leih mir doch eine Uhr für den Aufseher, ja?«

Unsere arabischen Vorarbeiter haben allesamt, so tüchtig sie auch sein mögen, eine schwere Hand für einen Zeitmesser. Das Ablesen der Zeit erfordert von ihnen eine nicht geringe geistige Anstrengung. Häufig halten sie ein großes, mondgesichtiges Zifferblatt verkehrt herum und starren mit geradezu schmerzlicher Konzentration darauf, um zu einem völlig falschen Ergebnis zu kommen. Auch ziehen sie ihren kostbaren Schatz mit so viel Energie und Gründlichkeit auf, daß nur wenige Federn diesem Kraftakt gewachsen sind.

Zum Schluß haben alle Teilnehmer der Expedition ihre Uhren geopfert, eine nach der anderen – meine zwei, vier oder auch sechs Taschenuhren sollen eben diesen scheußlichen Zeitpunkt hinausschieben.

Packen! Packen – da gibt es die verschiedensten Schulen und Richtungen. Eine Kategorie von Reisenden fängt mindestens eine Woche oder vierzehn Tage vorher an, alles Notwendige bereitzulegen. Eine zweite Kategorie rafft eine halbe Stunde vor Abfahrt alles zusammen. Die sorgsamen Packer haben einen ungeheuren Verbrauch von Seidenpapier, die Verächter des Seidenpapiers werfen voller Optimismus ihre

Sachen kreuz und quer in den Koffer. Wieder andere Packer vergessen sozusagen alles, was sie brauchen, und die letzte Kategorie schleppt ganze Berge von Zeug mit, das sie nie braucht.

Eins aber steht fest: Den Mittelpunkt archäologischen Packens bilden Bücher. Welche Bücher soll man mitnehmen, welche Bücher kann man mitnehmen, welche Bücher haben Platz und welche Bücher müssen – ein schmerzlicher Entschluß! – zu Hause bleiben? Ich bin felsenfest überzeugt, daß alle Archäologen nach folgendem System packen: Sie bestimmen die Höchstzahl der Koffer, die eine schwergeprüfte Schlafwagengesellschaft gerade noch zuläßt. Dann füllen sie diese Koffer randvoll mit Büchern, um am Schluß widerstrebend ein paar Bände herauszuangeln und die freigekämpften Lücken mit Hemden, Schlafanzügen, Socken etc. aufzufüllen.

Als ich bei Max ins Zimmer schaue, gewinne ich den Eindruck, daß die Bücher bis zur Decke gestapelt sind. Durch eine Ritze zwischen den Büchertürmen erspähe ich Maxens umwölktes Gesicht. »Was meinst du«, fragt er, »bringe ich die wohl alle bei mir unter?«

Die Antwort ist so offenkundig ein klares Nein, daß es schiere Grausamkeit wäre, dies auch noch auszusprechen. Um halb fünf stürzt er mit der hoffnungsvollen Frage in mein Zimmer: »Hast du bei dir Platz?« Lange Erfahrung hätte mich lehren sollen, bestimmt abzulehnen, doch ich zögere, und schon ereilt mich mein Schicksal.

»Wenn du vielleicht ein oder zwei Kleinigkeiten ...?«

»Etwa Bücher?«

Max sieht leicht überrascht drein. »Aber natürlich sind es Bücher, was sonst?«

Und mit einem Schritt nach vorn schmettert er zwei Riesenbände auf das Memsahibgewand, das proper gefaltet zuoberst auf dem Koffer liegt.
Ich erhebe lauthals Einspruch, doch zu spät.
»Unsinn«, erklärt Max, »Platz zum Verschwenden.« Und er drückt den Deckel zu, der sich mutig dagegenstemmt.
»Der Koffer ist ja immer noch nicht voll«, sagt Max mit unverwüstlicher Zuversicht. Zum Glück lenkt ihn jetzt ein buntes Leinenkleid ab, das in einem anderen Koffer liegt.
»Was ist das?«
»Ein Kleid«, sage ich.
»Sehr interessant«, erwidert Max, »mit diesen Fruchtbarkeitssymbolen auf dem Vorderteil.«
Zu den schwerwiegenden Unannehmlichkeiten, welche die Ehefrau eines Archäologen zu ertragen hat, gehören die fachkundigen Kenntnisse ihres Mannes, woher sich dieses oder jenes völlig harmlose Muster ableitet. Um halb sechs teilt Max mir beiläufig mit, daß er sich noch Hemden, Socken und ein paar andere Kleinigkeiten in der Stadt besorgen will. Dreiviertel Stunden später ist er verdrossen wieder da, weil alle Läden um sechs Uhr schließen. Auf meinen Hinweis, das sei schon immer so gewesen, erklärt er, daß ihm das bislang nicht aufgefallen sei.
Jetzt, meint er, bleibe ihm nur noch eines zu erledigen: seine Papiere zu ordnen.
Um elf Uhr gehe ich zu Bett, Max sitzt an seinem Schreibtisch (den schauerliche Strafen vor dem Aufräumen und Abstauben retten), begraben unter Briefen, Rechnungen, Broschüren, Zeichnungen von Töpfen, Scherben und vielen, vielen Streichholzschachteln, die kein einziges Streichholz enthalten, sondern seltsame, uralte Halbedelsteine.

Um vier Uhr früh tritt er hochgemut mit einer Tasse Tee ins Schlafzimmer und meldet, daß endlich jener hervorragende Artikel über die Ausgrabungen in Anatolien, den er letztes Jahr im Juli verloren habe, wieder zum Vorschein gekommen sei. Er sagt auch: »Hoffentlich habe ich dich nicht geweckt.«
Ich entgegne, natürlich habe er mich geweckt und er könne mir ruhig ebenfalls eine Tasse Tee bringen.
Als Max mit dem Tee wieder da ist, erzählt er, daß er überdies einen ganzen Stoß Rechnungen entdeckt habe, die seiner Meinung nach von ihm bezahlt gewesen wären. Diese Erfahrung ist auch mir nicht neu. Einmütig stellen wir fest, daß sie uns bedrückt.
Um neun Uhr morgens werde ich gerufen, um mich als Schwergewicht auf Maxens überquellende Koffer zu setzen.
»Wenn *du* sie nicht zubringst«, sagt Max wenig ritterlich, »schafft es niemand.«
Die übermenschliche Aufgabe wird schließlich mit Hilfe der reinen Masse gelöst, und ich wende mich wieder meinem eigenen Problem zu, der Reisetasche mit Reißverschluß, wie ich visionär vorausgesehen hatte.
Als die Tasche noch leer bei Gooch stand, wirkte sie unkompliziert, hübsch und arbeitssparend. Wie fröhlich schnurrte dort der Reißverschluß auf und zu! Jetzt hingegen verlangt das Zumachen ein Wunder an Stimmigkeit. Da die Tasche randvoll ist, müssen die beiden Seiten mit mathematischer Genauigkeit zusammenpassen. Kaum rückt der Schieber langsam vor, erlebe ich neue Qualen wegen der Ecke eines Kulturbeutels. Zu guter Letzt ist es erreicht, und ich gelobe, die Tasche erst in Syrien wieder zu öffnen.
Bei genauer gedanklicher Prüfung ist das jedoch schlecht durchführbar – Grund: jener eben erwähnte

Kulturbeutel. Soll ich mich auf der Reise etwa fünf Tage lang nicht waschen? Im Augenblick scheint mir das weit verlockender, als mich an das Öffnen der Tasche heranzuwagen.

Ja, jetzt ist es soweit, wir brechen wahrhaftig auf – und zahllose wichtige Punkte sind unerledigt geblieben: die Wäscherei versagte, wie gewohnt, auch die Reinigung hat zu Maxens Kummer ihr Versprechen nicht eingehalten ... Aber was macht das schon? Wir brechen auf.

Das heißt, für ein bis zwei kritische Minuten sieht es so aus, als ob wir keineswegs aufbrechen würden. Maxens Koffer, nur dem Schein nach harmlos, überfordern die Kräfte des Taxifahrers. Er und Max mühen sich zusammen ab, und erst mit Hilfe eines Passanten läßt sich das Gepäck in den Wagen hieven.

Wir fahren zur Victoria Station.

Du lieber Bahnhof, die Pforte zur Welt jenseits von England, wie sehr liebe ich deine Bahnsteige, wo die Züge zum Kontinent stehen. Wie sehr liebe ich überhaupt Züge! Begeistert schnuppere ich ihren schwefligen Mief – was für ein Unterschied zu dem diskreten, distanzierten, leicht öligen Geruch eines Schiffes, der mich stets melancholisch stimmt, da er mir Tage der Seekrankheit prophezeit. Nur ein Zug, ein mächtiger, schnaufender, hastender, geselliger Zug ist ein Freund, wenn seine schwer stampfende Maschine Rauchwolken ausstößt und ungeduldig die Melodie rattert »Weiter geht's, weiter geht's, weiter geht's, es geht weiter.« Er empfindet wie ich: »Weiter geht's, weiter geht's, es geht weiter.«

Bei der Türe unseres komfortablen Pullmanwagens wartet ein Häuflein Freunde auf uns. Wir führen die üblichen albernen Gespräche. Bedeutende letzte Worte fallen von meinen Lippen – Verfügungen über Hunde

und Kinder, über das Nachsenden von Briefen und Bücherpaketen sowie von vergessenen Kleinigkeiten – »ich glaube, das liegt auf dem Klavier, aber vielleicht findest du es auch im Badezimmer auf dem Schränkchen.« Alles ist schon längst gesagt worden, es gibt nichts Nutzloseres als diese Wiederholungen.
Max steht umringt von seinen Verwandten, ich von den meinen.
Meine Schwester schluchzt, überzeugt, mich nie wiederzusehen. Das beeindruckt mich wenig, weil meine Orientreisen sie immer davon überzeugt haben. Und wie, fragt sie, soll sie sich verhalten, wenn Rosalind eine Blinddarmentzündung bekommt? Mir scheint kein triftiger Grund dafür vorzuliegen, daß sich der Blinddarm meiner vierzehnjährigen Tochter entzündet, weshalb mir als Antwort bloß einfällt: »Operiere ja nicht selber!« Meine Schwester ist nämlich weitherum berühmt für ihre hitzigen Aktionen mit der Schere, die sie Furunkeln, langen Haaren und Kleidern gleichermaßen angedeihen läßt – mit großem Erfolg, wie ich zugeben muß. Max und ich tauschen die Verwandten und meine gute Schwiegermutter empfiehlt mir nachdrücklich äußerste Vorsicht, da ich mich, wie sie durchblicken läßt, mit Heldenmut großer persönlicher Gefahr aussetze. Schrilles Pfeifen veranlaßt mich, meiner Freundin und Sekretärin letzte Aufträge zu geben. Sie soll alles erledigen, was bei mir liegengeblieben ist: Sie soll Wäscherei und Reinigung in Trab setzen, der Köchin ein gutes Zeugnis schreiben, alle Bücher, die ich nicht mehr packen konnte, zur Post tragen, meinen Schirm bei Scotland Yard abholen und jenem Pfarrrer höflich antworten, der in meinem letzten Buch 43 Grammatikfehler entdeckt hat. Und sie soll den Samenkatalog für den Garten durchsehen und Kürbis und Pastinake anstreichen. Ja, sie wird alles erledigen,

und falls die häusliche oder literarische Welt untergeht, will sie mir telegrafieren. Wozu auch, sage ich, sie hat doch jede Vollmacht und kann nach Belieben entscheiden. Sie schaut mich entgeistert an und verspricht, bedächtig vorzugehen. Wieder schrilles Pfeifen. Ich umarme meine Schwester und lasse mich zu der Bemerkung hinreißen, auch ich sei überzeugt, sie nie wiederzusehen, und mit einer Blinddarmentzündung bei Rosalind könne man durchaus rechnen. Unsinn, sagt meine Schwester, warum denn? Wir steigen in den Pullmanwagen, der Zug ächzt, fährt an – wir sind weg.
Ungefähr 45 Sekunden lang ist mir scheußlich zumute, doch sobald der Bahnhof hinter uns liegt, erfüllt mich helles Jauchzen. Wir haben die so herrlich aufregende Reise nach Syrien begonnen.

Miss Marple

Steckbrief

Jane Marple, die alte Jungfer mit einem Schwarm von Verwandten, darunter auch ihr Neffe Raymond West, der bekannte Schriftsteller, war eine berühmte Amateurdetektivin, die alles mögliche genannt wurde, von »umständliches altes Mädchen, die nur an ihr Strickzeug denkt« bis »böse alte Katze«. Ganz im Gegensatz zu Margaret Rutherford, die Miss Marple auf der Leinwand verkörperte, schilderte Agatha Christie sie als groß und dünn, mit einer Menge hoch auf dem Kopf aufgetürmter schneeweißer Haare, hellblauen Augen und einem rosigen Gesicht voller Fältchen. Bei ihrem ersten Auftritt, im *Mord im Pfarrhaus*, war Miss Marple bereits 74 Jahre alt. Sie ließ sich stets von dem Grundsatz leiten, daß »die menschliche Natur überall mehr oder weniger gleich ist, aber natürlich hat man in einem Dorf besser Gelegenheit, sie aus größerer Nähe zu beobachten«. Für sie war ihr Heimatort St. Mary Mead ein Mikrokosmos. Zu ihren liebsten Hobbys gehörte es, Vögel zu beobachten oder im Garten zu arbeiten und zu beobachten, ohne selbst gesehen zu werden, eine Kunst, in der sie nach Pfarrer Leonard Clement keine Konkurrenz hatte. Oft verglich sie die Menschen und fand Ähnlichkeiten in ihrem Charakter. Sie behauptete auch, daß keiner über einen Verdacht erhaben sei und »man es sich einfach nicht leisten kann, alles zu glauben, was die Leute erzählen«.

Zu Miss Marples Bekannten und Freunden gehörten Leonard und Griselda Clement, Dr. Haydock, Amanda

Hartnell und Caroline Weatherby, Oberst Bantry und seine Frau Dolly und Sir Henry Clithering. Am Ende von *Ruhe unsanft*, dem leider letzten Kriminalroman mit ihr, war Miss Marple immer noch aktiv, trotz ihres hohen Alters. Leonard Clement faßte es einmal so zusammen: »Miss Marple ist nicht der Typ der alten Dame, die Fehler macht. Sie hat den Trick raus, immer recht zu behalten.«
Agatha Christie schrieb 12 Kriminalromane und 21 Erzählungen um Miss Marple.

Agatha Christie über Miss Marple

Miss Marple drang ganz unbemerkt in mein Leben ein, ich nahm ihre Ankunft kaum zur Kenntnis. Ich schrieb eine Serie von sechs Kurzgeschichten für eine Zeitschrift und machte sechs Personen, die einmal in der Woche in einem kleinen Dorf zusammenkamen und sich über ein ungelöstes Verbrechen unterhielten, zu den Hauptgestalten. Ich begann mit Miss Jane Marple, einer alten Dame von der Art, wie meine Großmutter in Ealing sie zu Busenfreundinnen gehabt hatte und wie ich sie als kleines Mädchen an vielen Orten kennengelernt habe. Nicht, daß Miss Marple ein Abbild meiner Großmutter gewesen wäre – sie war viel umständlicher und altjüngferlicher als meine Großmutter. Nur eines hatte sie mit ihr gemeinsam: So heiter und aufgeschlossen sie auch war, erwartete sie doch von ihren Mitmenschen immer nur das Schlechteste – und behielt gewöhnlich mit ihren düsteren Voraussagen recht.

...Es fehlte Miss Marple nicht an Güte, aber sie traute den Menschen nicht. Sie wurde im Alter von fünfundsechzig oder siebzig geboren, was sich, wie schon bei Poirot, sehr ungünstig auswirkte, weil ich ihre Dienste noch viele Jahre in Anspruch nehmen mußte. Wäre ich imstande gewesen, die Zukunft zu deuten, ich würde mir einen frühreifen Schuljungen als Detektiv zugelegt haben; wir hätten dann gemeinsam altern können!

Zitat aus: *Meine gute alte Zeit*, Scherz Verlag

Warum sich Hercule Poirot und Miss Marple nie begegneten.

Immer wieder schreiben mir die Leute und drängen mich, Miss Marple und Hercule Poirot miteinander bekannt zu machen – aber warum sollte ich? Ich bin ganz sicher, die beiden würden das gar nicht zu schätzen wissen. Hercule Poirot, ein Egoist reinsten Wassers, würde es sich verbitten, von einer alten Dame belehrt zu werden. Er war ein berufsmäßiger Detektiv und würde sich in Miss Marples Welt bestimmt nicht wohl fühlen. Nein, sie sind beide Stars und wahren ihre Exklusivität.

Zitat aus: *Meine gute alte Zeit.*

Sol:
Hodgson
ob 4 April
1800
Æ 39

Vanitas
vanitatum
omnia
vanitas

Mord im Spiegel
oder Dummheit ist gefährlich

Szenenausschnitt

»Da wären wir«, sagte Miss Knight und stellte das Frühstückstablett auf dem Nachttisch ab. »Und wie fühlen wir uns heute morgen? Wie ich sehe, haben wir schon die Vorhänge aufgezogen«, fügte sie mit einem leisen Vorwurf hinzu.

»Ich bin früh aufgewacht«, antwortete Miss Marple. »Wenn Sie so alt sind wie ich, wachen Sie auch früh auf.«

»Mrs. Bantry hat angerufen«, meldete Miss Knight, »ungefähr vor einer halben Stunde. Sie wollte Sie sprechen, aber ich sagte ihr, sie solle noch mal anrufen. Erst müßten Sie frühstücken. Ich wollte Sie noch nicht stören. Erst sollten Sie Ihren Tee trinken und einen Bissen essen.«
»Wenn Freunde von mir anrufen«, sagte Miss Marple, »möchte ich das sofort erfahren.«
»Tut mir schrecklich leid«, sagte Miss Knight. »Aber es erschien mir so rücksichtslos. Wenn Sie eine schöne Tasse Tee getrunken haben und Ihr gekochtes Ei gegessen haben und den Toast mit Butter, werden wir weitersehen.«
»Vor einer halben Stunde«, sagte Miss Marple nachdenklich. »Das war um – um – acht.«
»Viel zu früh«, wiederholte Miss Knight.
»Ohne Grund hat mich Mrs. Bantry bestimmt nicht zu so einer Zeit zu erreichen versucht«, überlegte Miss Marple laut. »Sie telefoniert nie am frühen Vormittag.«
»Ach, meine Gute, zerbrechen Sie sich nicht den Kopf deswegen«, meinte Miss Knight beruhigend. »Sie wird sich schon wieder melden! Oder soll ich Sie verbinden?«
»Nein, vielen Dank. Ich möchte mein Frühstück essen, solange es noch warm ist.«
»Ich hoffe, ich habe nichts vergessen«, sagte Miss Knight fröhlich.
Sie hatte nichts vergessen. Der Tee schmeckte gut, das Ei hatte genau drei dreiviertel Minuten gekocht, der Toast war hellbraun, die Butter lag auf einem hübschen kleinen Teller neben einem kleinen Topf Honig.
In mancher Beziehung war Miss Knight unbestreitbar ein Schatz. Miss Marple aß ihr Frühstück mit großem

Vergnügen. Dann hörte sie das Brummen des Staubsaugers. Cherry war gekommen.
Den Lärm des Staubsaugers übertönte eine frische, klare Stimme, die den neuesten Schlager sang. Miss Knight, die eingetreten war, um das Tablett zu holen, schüttelte den Kopf.
»Ich finde wirklich, diese junge Person sollte nicht so laut singen, daß man es im ganzen Haus hört«, meinte sie. »Ich nenne so etwas respektlos.«
Miss Marple lächelte leise. »Cherry würde nie auf den Gedanken kommen, daß sie vor etwas oder jemand Respekt haben müßte. Warum auch?«
Miss Knight schniefte und sagte: »Ganz anders als in alten Zeiten.«
»Natürlich«, antwortete Miss Marple. »Die Zeiten ändern sich eben. Damit muß man sich abfinden.« Dann fügte sie hinzu: »Vielleicht könnten Sie Mrs. Bantry jetzt anrufen und fragen, was sie wollte.«
Miss Knight verschwand. Ein paar Minuten später klopfte es an die Tür, und Cherry trat ein. Sie sah fröhlich und aufgeregt und sehr hübsch aus. Über ihr dunkelblaues Kleid hatte sie sich eine mit Matrosen- und nautischen Symbolen kühn bedruckte Plastikschürze gebunden.
»Sie haben eine hübsche Frisur«, sagte Miss Marple.
»Ich war gestern beim Dauerwellenmachen«, sagte Cherry. »Noch etwas frisch, aber nach der ersten Wäsche wird es besser. Ich kam rauf, um zu erfahren, ob Sie schon das Neueste gehört haben.«
»Worüber denn?«
»Wegen ›Gossington Hall‹. Sie wissen doch, daß gestern dort ein großes Wohltätigkeitsfest stattfand?«
Miss Marple nickte. »Was ist passiert?«
»Jemand ist mittendrin gestorben. Eine gewisse Mrs. Badcock. Sie wohnte bei uns nebenan. Ich glaube

nicht, daß Sie sie kennen.«

»Mrs. Badcock?« rief Miss Marple aufgeregt. »Aber natürlich kenne ich sie! Ich erinnere mich – ja, das war der Name. Sie kam aus dem Haus und hob mich auf, als ich kürzlich stürzte. Sie war ganz reizend!«

»Ja, das sähe Heather Badcock ähnlich!« sagte Cherry. »Überfreundlich fanden die Leute. Sie würde sich in alles einmischen, sagten sie. Na, jedenfalls – sie ist tot. Einfach so!«

»Tot? An was ist sie gestorben?«

»Keine Ahnung«, antwortete Cherry. »Sie war ins Haus gebeten worden, sicherlich, weil sie die Sekretärin war. Sie und der Bürgermeister und noch eine Menge Leute. Sie hat etwas getrunken, und keine fünf Minuten später wurde ihr schlecht, und sie starb, ehe jemand überhaupt noch husten konnte.«

»Was für eine schreckliche Geschichte«, rief Miss Marple. »Hatte sie ein schwaches Herz?«
»Sie war angeblich kerngesund«, sagte Cherry. »Aber man weiß ja nie! Man kann was am Herzen haben, ohne daß man es ahnt! Jedenfalls – eines steht fest: Sie wurde nicht nach Hause gebracht.«
»Was meinen Sie damit?« fragte Miss Marple erstaunt.
»Ihre Leiche«, antwortete Cherry. Ihre gute Laune war unverwüstlich. »Der Doktor sagte, es sei eine Autopsie notwendig. Post mortem, oder wie das heißt. Sie war nicht bei ihm in Behandlung, und die Todesursache könne man anders nicht feststellen. Ist doch seltsam«, fügte sie hinzu.
»Wieso seltsam?«
»Na ja«, Cherry überlegte. »Seltsam, weil man glauben könnte, daß mehr dahintersteckt.«
»War ihr Mann sehr aufgebracht?«
»Weiß wie die Wand! Ich habe noch nie jemanden erlebt, der so verstört ausgesehen hat.«
Miss Marple, die seit vielen Jahren daran gewöhnt war, auf die leisesten Zwischentöne zu achten, legte fragend den Kopf etwas schief wie ein kleiner Vogel.
»Hat er sie so geliebt?«
»Er tat, was sie wollte, und ließ sie machen«, antwortete Cherry. »Aber das heißt noch lange nicht, daß er sie liebte. Es könnte auch sein, daß er eben nicht den Mut hatte, sich zu wehren.«
»Sie mochten sie nicht?«
»Ich kannte sie kaum«, erwiderte Cherry. »Sie war nicht mein Typ. Sie mischte sich zuviel ein.«
»Sie meinen, sie war neugierig und fragte viel?«
»Nein, das nicht. Sie war eine sehr freundliche Frau, die ständig irgend etwas für die Leute tat. Und sie war immer überzeugt, daß nur sie wußte, wie es am besten war. Was die anderen davon hielten, interessierte sie

nicht. Ich hatte mal so eine Tante. Sie aß gern Gewürzkuchen, und deshalb machte sie immer Gewürzkuchen und brachte ihn jemand, und sie nahm sich nie die Mühe herauszufinden, ob die so was mochten oder nicht. Es gibt Leute, die essen ihn nicht gern. Die können manchmal schon den Geruch von Kümmel nicht ertragen. Nun, Heather Badcock war auch so ähnlich.«
»Ja«, sagte Miss Marple nachdenklich, »ja, das hätte zu ihr gepaßt. Ich kannte jemanden, der auch so war. Solche Leute«, fügte sie hinzu, »leben manchmal gefährlich – obwohl sie es selbst nicht merken.«
Miss Knight platzte ins Zimmer. »Mrs. Bantry scheint weggegangen zu sein«, meldete sie. »Wohin, wußte man aber nicht.«
»Ich vermute«, sagte Miss Marple, »daß sie mich besuchen will. Ich stehe jetzt lieber auf.«
Miss Marple hatte sich gerade in ihrem Lieblingssessel beim Fenster niedergelassen, als Mrs. Bantry eintraf. Sie war etwas außer Atem.
»Ich habe dir eine Menge zu erzählen, Jane«, sagte sie.
»Über das Fest?« fragte Miss Knight. »Sie sind doch sicherlich hingegangen? Ich war auch kurz dort, am frühen Nachmittag. Das Teezelt war sehr voll. Erstaunlich viele Leute waren dort. Marina Gregg habe ich nicht gesehen, worüber ich ein wenig enttäuscht war.« Sie nahm ein kleines Staubkorn von einem Tischchen und sagte fröhlich: »Nun, ich bin überzeugt, Sie beide möchten jetzt ein nettes kleines Schwätzchen halten.« Damit verschwand sie.
»Sie scheint keine Ahnung zu haben«, stellte Mrs. Bantry fest. Dann musterte sie ihre Freundin scharf. »Aber *du* weißt Bescheid, Jane, ich sehe es dir an.«
»Du meinst die Tote?«
»Du weißt immer alles«, sagte Mrs. Bantry. »Ich begreife nicht, wie du das machst.«

Die Bestseller

Die Mausefalle und Zeugin der Anklage

In ihrer Autobiographie »Meine gute alte Zeit« (Scherz Verlag, 1981) beschreibt Agatha Christie, wie diese beiden Erfolgskrimis entstanden. »Die Mausefalle«: seit mehr als 20 Jahren ununterbrochen auf der Londoner Bühne. »Zeugin der Anklage«: in der unvergeßlichen Verfilmung mit Marlene Dietrich.

Ende der fünfziger Jahre rief die BBC an und wollte wissen, ob ich ein kurzes Hörspiel für ein Programm schreiben würde, das sie aus irgendeinem Anlaß, der mit Queen Mary zu tun hatte, auszustrahlen beabsichtigten. Die Königin hatte den Wunsch ausgesprochen, etwas von mir dabeizuhaben, weil sie meine Bücher so gerne las. Ich dachte angestrengt nach, rief zurück und sagte zu. Das Hörspiel hieß *Die Mausefalle.* Und soviel ich weiß, gefiel es Queen Mary.
Das hätte das Ende der Geschichte sein können, aber bald darauf schlug mir jemand vor, eine Kurzgeschichte daraus zu machen. Dem Stück *Das Eulenhaus,* das ich für die Bühne bearbeitet hatte, war – unter Peter Saunders' Regie – ein voller Erfolg beschieden gewesen. Mir hatte die Sache so viel Freude gemacht, daß ich daran dachte, einen zweiten Versuch als Bühnenautorin zu unternehmen. Warum nicht statt eines Buches ein Theaterstück schreiben? Viel mehr Spaß. Ein Buch im Jahr würde mich meiner finanziellen Sorgen entheben, und so konnte ich mich nun in einem ganz anderen Medium versuchen.
Je mehr ich an *Die Mausefalle* dachte, desto deutlicher

sah ich die Möglichkeit vor mir, aus einem Hörspiel von zwanzig Minuten Dauer einen abendfüllenden Thriller zu machen. Was *Die Mausefalle* anderen Stücken voraus hat, ist, so meine ich, die Tatsache, daß es aus einer gedrängten Darstellung heraus entstanden ist. Es war schon alles da, bevor ich noch anfing, und damit war ein gesunder Aufbau gewährleistet.
Was den Titel angeht, bin ich meinem Schwiegersohn Anthony Hicks zu großem Dank verpflichtet. Ich habe Anthony bisher nicht erwähnt, aber er gehört eigentlich nicht zu meinen Erinnerungen, denn er weilt unter uns – und ich wüßte nicht, wie ich ohne ihn auskommen sollte. Nicht nur ist er einer der gütigsten Menschen, die ich kenne – er ist eine sehr bemerkenswerte und interessante Persönlichkeit. Er hat Ideen. Er kann jede Tischgesellschaft munter machen, indem er ein »Problem« anschneidet. Es dauert keine zwei Minuten, und schon ist eine lebhafte Diskussion im Gange.
Er hat Sanskrit und Tibetanisch studiert und kann sich intelligent über Schmetterlinge, seltene Pflanzen, Rechtsfragen, Briefmarken, Vögel, Porzellan, Antiquitäten und atmosphärische Störungen unterhalten. Wenn er einen Fehler hat, so den, daß er zu ausführlich über Wein spricht, aber ich bin natürlich voreingenommen, denn ich mag das Zeug nicht.

Ich werde immer gefragt, worauf ich den Erfolg der *Mausefalle* zurückführe. Von der logischen Antwort »Glück!« abgesehen – denn zu mindestens neunzig Prozent ist es Glück –, habe ich nur die eine Erklärung, daß für fast jeden Geschmack gesorgt ist. Junge Menschen finden Gefallen daran, und alte Menschen mögen es auch; es hat meinem Enkel Mathew und

seinen Freunden in Eton und es hat Universitätsprofessoren aus Oxford gefallen.
Das Stück ist gut konstruiert. Die Handlung entwickelt sich in einer Weise, daß man erfahren möchte, was jetzt passieren wird, und daß man nie genau weiß, was die nächsten Minuten bringen werden. Und obwohl bei allen Stücken, die längere Zeit laufen, die Gefahr besteht, daß sie gespielt werden, als ob die handelnden Personen Karikaturen wären, könnten die Figuren in der *Mausefalle* wirkliche Menschen sein.
Es gab tatsächlich einmal einen Fall, wo drei Kinder, die von der Fürsorge auf einem Bauernhof untergebracht worden waren, dort vernachlässigt und mißhandelt wurden. Ein Kind starb, und man fürchtete, daß ein leicht krimineller Junge mit dem Wunsch aufwachsen würde, Rache zu üben. Viele werden sich auch an einen anderen Mordfall erinnern: Ein Mann hatte lange Jahre einen seit seiner Kindheit gehegten Groll gegen einen anderen zurückgestaut, war dann wiedergekommen, um sich zu rächen. Dieser Teil der Handlung war also nicht unmöglich.
Und schließlich die Personen: eine junge Frau, vom Leben verbittert, fest entschlossen, nur für die Zukunft zu leben; der junge Mann, der dem Leben nicht die Stirn bieten kann und sich danach sehnt, bemuttert zu werden; und der kindische Junge, der sich an der grausamen Frau rächen will, die Jimmy weh getan hat – und an seiner jungen Lehrerin; sie alle scheinen mir echt und natürlich zu sein.
Richard Attenborough und seine entzückende Frau, Sheila Aim, spielten die Hauptrollen in der ersten Inszenierung. Welch herrliche Vorstellung gaben sie doch! Sie glaubten an das Stück, und Richard Attenborough verlieh seiner Rolle viel gedankliche Tiefe. Ich genoß die Proben – ich genoß alles.

Dann kam die Premiere. Ich muß gestehen, ich hatte nicht das Gefühl, daß es ein großer Erfolg sein würde – auch nicht annähernd. Es lief ganz gut, dachte ich, aber ich fürchtete, mich zwischen zwei Stühle gesetzt zu haben. Ich hatte zu viele komische Szenen eingebaut, es wurde zuviel gelacht – und das mußte auf Kosten der Spannung gehen. Ja, ich erinnere mich, ich war ein wenig deprimiert.

Aber Peter Saunders nickte mir ermutigend zu und sagte: »Keine Bange! Ich schätze, daß es über ein Jahr laufen wird – ich tippe auf vierzehn Monate.«

»So lange nicht«, widersprach ich. »Acht Monate vielleicht. Ja, ich rechne mit acht Monaten.«

Und jetzt, da ich diese Zeilen schreibe, geht das dreizehnte Jahr zu Ende. (Anm. des Verlags: Das war 1974. Das Theaterstück wird noch heute gespielt – nach fast 25 Jahren!) Die Besetzungen sind unzählige Male ausgetauscht worden. Das Ambassador-Theater hat mittlerweile neue Sitze bekommen – und einen neuen Vorhang. Wie ich höre, müssen neue Dekorationen angeschafft werden, die alten sind schon abgenutzt. Und die Leute gehen immer noch hin.

Ich finde es unglaublich. Warum sollte ein anspruchsloses, vergnügliches Stück dreizehn Jahre lang gespielt werden? Kein Zweifel, es gibt noch Wunder.

Und wer streicht den Gewinn ein? Vor allem natürlich das Finanzamt, aber davon abgesehen, wer ist der Gewinner? Ich habe die Rechte vieler meiner Bücher und Geschichten anderen Leuten gegeben. Das Abdrucksrecht für *Sanctuary*, einen Fortsetzungsroman, hatte ich einem Hilfsfonds der Westminsterabtei überlassen, und andere Geschichten sind an verschiedene Freunde gegangen. Sich hinzusetzen und etwas zu schreiben und den Erlös dann ohne viel Umstände in die Hände eines anderen gelangen zu lassen ist ein weit beglückenderes und natürlicheres Erlebnis als das simple Ausstellen eines Schecks. Man mag einwenden, daß es aufs gleiche herauskommt, aber es ist nicht das gleiche. Eines meiner Bücher gehört dem Neffen meines Mannes; es ist schon viele Jahre her, daß ich es geschrieben habe, aber es bringt ihnen immer noch ein hübsches Sümmchen ein. Meinen Anteil an den Filmrechten von *Zeugin der Anklage* schenkte ich Rosalind.

Mein Enkel bekam das Stück *Die Mausefalle*. Mathew war immer das Sonntagskind der Familie, und so war es nicht verwunderlich, daß er das große Los zog.

Besondere Freude machte mir das Schreiben eines Kurzromans – ich glaube, so nennt man das; er liegt umfangmäßig zwischen Roman und Kurzgeschichte; der Erlös diente zum Ankauf eines bemalten Fensters für meine Ortskirche in Chruston Ferrers. Es ist eine reizende kleine Kirche, und das Ostfenster aus gewöhnlichem Glas erinnerte mich immer an eine Zahnlücke. Ich sah es jeden Sonntag und stellte mir vor, wie hübsch es sich in bunten Farben machen würde. Von der Glasmalerei verstand ich nichts, aber nach einigem Suchen fand ich einen Künstler namens Patterson, der in Bideford lebte und mir eine Zeichnung für das Fenster schickte, die mir ausnehmend gut gefiel. Ich bewunderte die Farben: Statt des gewöhnlichen Rots und Blaus verwendete er vornehmlich Mauve und Blaßgrün, meine Lieblingsfarben. Ich wollte den Guten Hirten als zentrale Gestalt haben. Über diesen Punkt gab es eine kleine Meinungsverschiedenheit mit der Diözese von Exeter und auch mit Mr. Patterson; das zentrale Thema eines Ostfensters müsse, so wurde mir bedeutet, die Kreuzigung sein. Am Ende erlaubte mir die Diözese, nachdem sie eine kleine Untersuchung angestellt hatte, dann doch, Jesus als

Guten Hirten darzustellen, weil es ja eine Landpfarrei war. Es sollte ein beglückendes Fenster werden und den Kindern Freude machen, wenn sie es betrachteten. So steht also der Gute Hirte mit seinem Lämmchen in der Mitte, und auf den Seitenteilen sind die Krippe mit der Jungfrau und dem Kind, die Schäfer auf dem Feld und die Fischer mit ihrem Netz im Boot zu sehen. Mr. Patterson hat ein schönes Fenster gemacht. Es wird, so hoffe ich, die Jahrhunderte überdauern, denn es ist ein einfaches Bild. Es macht mich stolz und demütig zugleich, daß es mir vergönnt war, den Erlös aus meiner Arbeit diesem guten Zweck zuzuführen.

*

Ein Theaterabend ist mir besonders deutlich im Gedächtnis haftengeblieben; die Premiere von *Zeugin der Anklage*. Ich irre mich nicht, wenn ich sage, daß es die einzige Premiere war, die ich wirklich genossen habe.

Premieren sind für gewöhnlich qualvoll und kaum zu ertragen. Für den Autor gibt es nur zwei Gründe dabeizusein. Der eine ist – sozusagen ein edles Motiv –, daß die armen Schauspieler die Vorstellung durchstehen müssen, und wenn etwas schiefgeht, ist es nur fair, daß der Autor da ist, um den Schmerz mit ihnen zu teilen. Ich erlebte eine solche Katastrophe bei der Premiere von *Alibi*. Das Manuskript verlangt, daß der Butler und der Arzt an die versperrte Tür eines Arbeitszimmers klopfen und dann, von Panik ergriffen, die Tür aufbrechen. Aber an diesem Abend wartete die Tür nicht darauf, aufgebrochen zu werden – sie öffnete sich bereitwillig, noch bevor einer der beiden auch nur eine Faust erhoben hätte, und gab den Blick auf die Leiche frei, die sich eben anschickte, die entsprechende Stellung einzunehmen! Seitdem habe ich höllische Angst vor versperrten Türen, vor Lichtern, die angehen, wenn der ganze Witz darin besteht, daß sie ausgehen, und vor Lichtern, die nicht angehen, wenn der ganze Witz darin besteht, daß sie angehen. Das sind die echten Katastrophen im Theateralltag.

Der zweite Grund ist natürlich die Neugier. Ich weiß, daß ich todunglücklich, daß ich mir selbst zuwider sein werde; daß mir kein Fehler, kein Schnitzer, kein »Schwimmen«, kein Versprecher entgehen wird. Aber ich gehe, weil mich die Neugier dazu treibt. Andere Leute können mir zwar davon erzählen – doch ich muß es selbst wissen! Fröstelnd sitze ich da, es überläuft mich abwechselnd heiß und kalt, und ich hoffe zu Gott, daß mich da oben auf der Galerie, wo ich mich versteckt halte, niemand erkennt.

Die Premiere von *Zeugin der Anklage* war keineswegs qualvoll. Es ist eines meiner Stücke, das mir selbst am besten gefällt. Eigentlich wollte ich es gar nicht schreiben; ich hatte schreckliche Angst davor. Peter Saunders mit seiner unvergleichlichen Überzeugungskraft nötigte mich dazu. »Natürlich können Sie es schreiben.«

»Ich habe keine Ahnung von Gerichtsverfahren. Ich werde mich lächerlich machen.«

»Es ist doch ganz einfach. Sie können darüber nachlesen, und wir werden uns einen Strafverteidiger suchen, der Sie auf etwaige Fehler und Mängel hinweist.«

»Ich könnte unmöglich eine Szene im Gerichtssaal schreiben.«

»Natürlich können Sie. Sie haben schon genügend solcher Szenen gesehen. Und Sie können Prozeßberichte studieren.«

»Ach, ich weiß nicht... Ich glaube, das kann ich nicht.«
Peter Saunders sagte immer wieder, daß ich es sehr wohl könne und ich gleich anfangen müsse, weil er das Stück schnell haben wollte. Fasziniert gab ich der Macht der Suggestion nach und las eine Unmenge von Prozeßberichten; ich überschüttete Anwälte und Verteidiger mit Fragen – und hatte plötzlich das Gefühl, daß es mir richtig Spaß machen könnte. Der wunderbare Augenblick war gekommen, der zwar meistens nicht lange währt, aber den Autor mit gewaltigem Schwung vorantreibt, so wie eine brausende Welle den Schwimmer ans Ufer trägt. »Das ist gut... so fange ich an... das ist spannend... und wie geht es jetzt weiter?« Dies ist der unbezahlbare Augenblick, da ich das Ganze sehe – nicht auf der Bühne, sondern vor meinem geistigen Auge. Ich sehe den verzweifelten jungen Mann auf der Anklagebank und die geheimnisvolle Frau, die in den Zeugenstand getreten ist, um auszusagen – für die Krone, nicht für ihren Liebhaber. Selten habe ich etwas so schnell geschrieben – ich brauchte nicht mehr als zwei oder drei Wochen dazu. Natürlich mußte ich einiges ändern – und wie eine Löwin um den Schluß kämpfen, den ich mir ausgedacht hatte. Keinem gefiel er, keiner wollte ihn haben, alle meinten, er würde das Ganze kaputtmachen. »Damit kommen Sie nicht durch«, sagten sie und verlangten ein anderes Ende – am liebsten jenes, mit dem ich vor Jahren die Kurzgeschichte abgeschlossen hatte. Aber eine Kurzgeschichte ist kein Theaterstück. In der Kurzgeschichte gab es weder eine Szene im Gerichtssaal noch einen Mordprozeß. Es war bloß eine Skizze gewesen mit einem Angeklagten und einer geheimnisvollen Zeugin als Hauptperson. Ich blieb bei meiner Entscheidung. Ich kann mich manchmal

nicht durchsetzen, ich bin auch oft nicht genügend von meinen Ideen überzeugt, aber diesmal blieb ich fest! Ich wollte diesen Schluß haben, und es lag mir so viel daran, daß ich es ablehnte, das Stück mit einem anderen Ausgang spielen zu lassen.

Man ließ mir meinen Willen, und es war ein großer Erfolg. Manche Leute sagten, ich hätte das Publikum an der Nase herumgeführt, aber ich weiß, daß das nicht stimmt. Es war ein logisches Ende. So hätte es ausgehen können, und so würde es meiner Meinung nach auch ausgegangen sein.

Ein Strafverteidiger und sein Bürovorsteher standen mir mit Rat und Tat zur Seite und kamen auch zweimal zu den Proben. Der Bürovorsteher übte die schärfste Kritik. »Also wenn Sie mich fragen«, sagte er, »ist das ja alles falsch, denn so ein Prozeß würde mindestens drei oder vier Tage dauern. Das können Sie doch nicht in eine Zeitspanne von ein oder zwei Stunden hineinquetschen.« Er hatte natürlich völlig recht, und wir mußten ihm erklären, daß Gerichtssaalszenen in Theaterstücken das Vorrecht dichterischer Freiheit genießen und daß drei Tage eben auf eine Zeitspanne reduziert werden müssen, die nach Stunden und nicht nach Tagen gerechnet wird. Es mochte helfen, wenn hin und wieder der Vorhang fiel, aber in *Zeugin der Anklage* war die im Gerichtssaal gewahrte Kontinuität doch sehr wertvoll.

Jedenfalls, ich genoß den Premierenabend. Bei keinem anderen Bühnenstück, das ich geschrieben habe, kam die Besetzung meiner eigenen Vorstellung so nahe: Derek Bloomfield als der junge Angeklagte; die Justizbeamten, die ich mir nie so recht vorstellen konnte, weil ich von Gerichtsverfahren keine große Ahnung hatte, und die plötzlich lebendig wurden; und Patricia Jessel, die die schwerste Rolle hatte; keine Frage, daß

der Erfolg des Stückes von ihr abhing. Ich hätte keine perfektere Darstellerin finden können. Die Rolle war sehr anspruchsvoll, besonders im ersten Akt, wo der Text einem nicht weiterhilft. Er darf nur zögernd und zurückhaltend gesprochen werden, und die ganze schauspielerische Kraft, die Verstocktheit, das Bösartige, muß in Blicken und Gesten zum Ausdruck kommen. Ich bin noch heute der Überzeugung, daß ihre Romaine Helder eine der besten Leistungen war, die ich je auf der Bühne gesehen habe.
Ich war glücklich, unsagbar glücklich, berauscht vom Applaus des Publikums. Wie es meine Gewohnheit war, verließ ich das Theater, nachdem sich der Vorhang gesenkt hatte. In wenigen Minuten, während ich mich nach meinem Wagen umsah, umringten mich freundliche Menschen, gewöhnliche Theaterbesucher, die mich erkannt hatten, mir auf den Rücken klopften und mich mit Lob überschütteten. »Das Beste, was Sie bisher geschrieben haben!« – »Erstklassig!« – »Prima!« – »Ein großer Erfolg!« – »Es hat mir wunderbar gefallen!« Sie zückten Autogrammbücher, und ich unterschrieb munter drauflos. Ja, es war ein denkwürdiger Abend. Ich bin noch immer stolz auf den Erfolg. Hin und wieder tue ich einen Griff in die Kiste meiner Erinnerungen, hole ihn hervor, betrachte ihn und sage mir: »Das war die Premiere aller Premieren!«
Ein anderes Ereignis, auf das ich mit Stolz und, ich gestehe es, mit Wehmut zurückblicke, war der zehnte Jahrestag der *Mausefalle*. Es gab eine Party, es mußte wohl eine Party geben, und ich – ich mußte daran teilnehmen. Ich habe nichts gegen kleine Parties, im Kreise der Schauspieler etwa; ich befinde mich unter Freunden, und so unbehaglich ich mich auch fühlen mag, ich kann es durchstehen. Dies aber war eine große, eine Superparty, mit allem, was an Parties so

abstoßend ist: Menschenmassen, Fernsehen, Scheinwerfer, Fotografen, Reporter und lange Reden. Niemand war ungeeigneter als ich, den Ehrengast zu spielen. Aber ich sah ein, daß ich nicht ausweichen konnte. Ich würde nicht gerade eine Rede halten müssen, aber doch ein paar Worte sprechen – etwas, was ich noch nie getan hatte. Ich kann keine Reden halten, ich halte auch keine Reden, und ich werde nie Reden halten, denn ich wäre eine miserable Rednerin. Ich versuchte jetzt, mir etwas zurechtzulegen, gab es wieder auf, denn wenn ich erst darüber nachdachte, würde es noch schlimmer werden. Wenn es soweit war, würde ich etwas sagen *müssen*, ganz gleich was, und unglaubwürdiger als eine vorbereitete Rede konnte es auch nicht klingen.

Die Party nahm einen für mich unglücklichen Anfang. Peter Saunders hatte mich gebeten, schon eine halbe Stunde vor der festgesetzten Zeit ins Savoy zu kommen. (Wie ich herausfand, als ich hinkam, sollte ich einer Zerreißprobe durch Fotografen ausgesetzt werden. An sich keine üble Sache und durchaus vertretbar, aber ich konnte nicht ahnen, daß es sich um eine so große Veranstaltung handeln würde.) Ich tat, wie mir geheißen wurde, und traf pünktlich im Savoy ein. Als ich aber versuchte, den für die Party reservierten Saal zu betreten, wurde ich abgewiesen. »Noch kein Einlaß, Madam. Der Saal wird erst in zwanzig Minuten geöffnet.« Ich zog mich zurück. Warum ich den Satz »Ich bin Mrs. Christie, und man hat mich gebeten, schon früher zu kommen«, nicht über die Lippen brachte, weiß ich nicht. Es war meine entsetzliche Schüchternheit, deren ich nicht Herr zu werden vermochte.

Das ist besonders dumm, weil ich bei gewöhnlichen gesellschaftlichen Anlässen durchaus nicht schüch-

tern bin. Ich mag keine großen Parties, aber ich kann hingehen, und was ich dabei empfinde, ist eigentlich nicht Schüchternheit. In Wirklichkeit ist es ein Gefühl – ich weiß nicht, ob das für alle Autoren zutrifft, aber ich denke schon –, als ob ich mich für etwas ausgebe, das ich nicht bin, denn auch heute noch kann ich nicht mit Bestimmtheit behaupten, eine Autorin zu sein. Vielleicht geht es mir ein wenig so wie meinem Enkel Mathew, der sich, als er zwei Jahre alt war, eine gewisse innere Sicherheit gab, indem er laut vor sich hin sagte: »Das ist Mathew, der jetzt die Treppe hinuntersteigt.« So kam ich also ins Savoy und sagte mir: »Das ist Agatha, die so tut, als wäre sie eine erfolgreiche Bühnenautorin, die jetzt zu ihrer eigenen großen Party geht, die so aussehen muß, als wäre sie eine Persönlichkeit, und eine Rede halten soll, die sie nicht halten kann, und überhaupt etwas sein muß, was sie nicht ist.«
Ich wurde also abgewiesen, machte kehrt und wanderte trübsinnig durch die Gänge des Savoy, wobei ich mich bemühte, so viel Mut zu fassen, um vor den Portier hinzutreten und ihm – wie Margot Asquith es einmal getan hat – zuzurufen: »Ich bin ich!« Zum Glück kam mir Verity Hudson, Peter Saunders' Sekretärin, zur Hilfe. Sie lachte – sie konnte sich das Lachen nicht verbeißen –, und Peter Saunders lachte noch mehr. Ich wurde in den Saal geführt, wo ich mich genötigt sah, einfältig lächelnd Schauspielerinnen abzuküssen und jene Verletzung meiner Eitelkeit hinzunehmen, die dann kommt, wenn ich meine Wange an die einer jungen und hübschen Schauspielerin drücke und genau weiß, daß wir am nächsten Tag auf den Theaterseiten aller Zeitungen zu finden sein werden – sie strahlend schön, im Vollgefühl ihres Erfolgs, und ich schlicht und einfach entsetzlich.

Alles ging gut, wenn auch nicht so gut, wie es gegangen sein würde, wenn der Star der Party etwas schauspielerisches Talent besessen hätte und imstande gewesen wäre, seine Rolle gut zu spielen. Jedenfalls hielt ich meine »Rede«, ohne daß mir ein Mißgeschick widerfahren wäre. Es waren nur ein paar Worte, aber die Partygäste nahmen sie freundlich auf; sie sagten, ich hätte mich gut aus der Affäre gezogen. Das glaube ich ihnen zwar nicht ganz, aber ich denke doch, daß es reichte. Die Leute bedauerten meine Unerfahrenheit, erkannten aber, daß ich mein Bestes getan hatte. Meine Tochter, das muß ich vermerken, war nicht dieser Meinung. »Du hättest dich mehr anstrengen, Mutter, und dir schon vorher etwas zurechtlegen sollen.« Doch sie ist sie, und ich bin ich, und wenn ich mir vorher etwas zurechtlege, führt das oft zu größeren Fehlschlägen, als wenn ich mich von meiner Eingebung leiten lasse – wobei ich auch noch mit der Ritterlichkeit meiner Zuhörer rechnen kann.
»Heute abend haben Sie Theatergeschichte gemacht«, munterte Peter Saunders mich auf. Und das ist auch richtig – in einem gewissen Sinn.

Verzeichnis aller auf deutsch erschienenen Kriminalromane und Stories von Agatha Christie
(Erstausgaben)

Alibi – *The Murder of Roger Ackroyd, 1926*

Alter schützt vor Scharfsinn nicht – *Postern of Fate, 1973*

Auch Pünktlichkeit kann töten, Stories

Auch Pünktlichkeit kann töten – *Dead Man's Mirror, 1937;* Das Erbe der Familie Lemesurier – *The Lemesurier Inheritance, 1951;* Die mysteriöse Angelegenheit in Cornwall – *The Cornish Mystery, 1951;* Das Abenteuer des Kreuzkönigs – *The King of Clubs, 1951;* Das Geheimnis des Plymouth-Expreß – *The Plymouth-Express, 1951;* Köchin gesucht – *The Adventure of the Clapham Cook, 1951*

Der ballspielende Hund – *Dumb Witness, 1937*

Bertrams Hotel – *At Bertram's Hotel, 1965*

Der blaue Expreß – *The Mystery of the Blue Train, 1928*

Blausäure – *Sparkling Cyanide, 1949*

Das Böse unter der Sonne oder Rätsel um Arlena – *Evil under the Sun, 1941*

Die Büchse der Pandora – *Partners in Crime, 1929*

Der Dienstagabend-Klub, Stories

Der Dienstagabend-Klub – *The Tuesday Nightclub, 1932;* Der Tempel der Astarte – *The Idol House of Astarte, 1932;* Die verschwundenen Goldbarren – *Ingots of Gold, 1932;* Der rote Badeanzug – *The Blood-Stained Pavement, 1932;* Die überlistete Spiritistin – *Motives vs. Opportunity, 1932;* Der Daumenabdruck des heiligen Petrus – *The Thumbmark of St. Peter, 1932;* Die blaue Geranie – *The Blue Geranium, 1932;* Die Gesellschafterin – *The Companion, 1932;* Die vier Verdächtigen – *Four Suspects, 1932;* Eine Weihnachtstragödie – *A Christmas Tragedy, 1932;* Das Todeskraut – *The Herb of Death, 1932;* Die seltsame Angelegenheit mit dem Bungalow – *The Affair at the Bungalow, 1932;* Der Fall von St. Mary Mead – *Death by Drowning, 1932*

Auf doppelter Spur – *The Clocks, 1963*

13 bei Tisch – *Lord Edgware Dies, 1933*

Dummheit ist gefährlich, siehe Mord im Spiegel

Ein diplomatischer Zwischenfall und andere Fälle, Stories

Ein diplomatischer Zwischenfall – *The Adventure of the Christmas Pudding, 1960;* Die Lampe – *The Lamp, 1933;* Rolltreppe ins Grab – *The Call of Wings, 1933;* Der vierte Mann – *The Fourth Man, 1933;* Das rote Signal – *The Red Signal, 1933;* Am falschen Draht – *Wireless, 1933*

Ein gefährlicher Gegner – *The Secret Adversary, 1922*

Ein Schritt ins Leere – *Why Didn't They Ask Evans, 1935*

Elefanten vergessen nicht – *Elephants Can Remember, 1972*

Die ersten Arbeiten des Herkules, Stories – *The Labours of Hercules*

Der Nemeische Löwe – *The Nemean Lion, 1947;* Die Lernäische Schlange – *The Lernean Hydra, 1947;* Die Arkadische Hirschkuh – *The Arcadian Deer, 1947;* Der Erymanthische Eber – *The Erymanthian Boar, 1947;* Die Ställe des Augias – *The Augian Stables, 1947;* Die Stymphaliden – *The Stymphalean Birds, 1947*

Es riecht nach Mord, Miss Marple, 2 Romane und 6 Stories

Das Schicksal in Person – *Nemesis, 1971;* Karibische Affäre – *A Caribbean Mystery, 1964;* Das Asyl – *Sanctuary, 1961;* Ein seltsamer Scherz – *Strange Jest, 1948;* Die Stecknadel – *The Tape-Measure Murder, 1948;* Die Perle – *The Case of the Perfect Maid, 1948;* Miss

Marple erzählt eine Geschichte – *Miss Marple Tells a Story, 1939;* Die Hausmeisterin – *The Case of the Caretaker, 1948*

Das Eulenhaus – *The Hollow, 1946*

Das fahle Pferd – *The Pale Horse, 1961*

Fata Morgana – *They Do It with Mirrors, 1952*

Das fehlende Glied in der Kette – *The Mysterious Affair at Styles, 1920*

Feuerprobe der Unschuld, siehe Tödlicher Irrtum

Das Geheimnis der Goldmine – *A Pocket Full of Rye, 1953*

Das Geheimnis der Schnallenschuhe – *The Patriotic Murders* oder *One, Two, Buckle My Shoe, 1940*

Das Geheimnis von Sittaford – *Sittaford Mystery, 1931*

Die großen Vier – *The Big Four, 1927*

Das Haus an der Düne – *Peril at End House, 1932*

Hercule Poirot bittet zum Galgen, 1 Roman und 9 Stories

Das fehlende Glied in der Kette – *The Mysterious Affair at Styles, 1920;* Poirot und der Kidnapper – *The Adventure of Johnny Waverly, 1923;* Mord auf dem Siegesball – *The Affair at the Victory Ball, 1923;* Ein Indiz zuviel – *The Double Clue, 1924;* Die verlorene Mine – *The lost Mine, 1923;* Poirot geht stehlen – *The Veiled Lady, 1923;* Urlaub auf Rhodos – *Triangle at Rhodes, 1936;* Der verräterische Garten – *How Does Your Garden Grow, 1935;* Der unglaubliche Diebstahl der Bomberpläne – *The Incredible Theft, 1937;* Poirot riecht den Braten – *Murder in the Mews, 1936*

Hercule Poirots größte Triumphe, Stories

Stille vor dem Sturm – *The Market Basing Mystery, 1923;* Der verräterische Garten – *How Does Your Garden Grow, 1935;* Poirot und der Kidnapper – *The Adventure of Johnny Waverly, 1923;* Die Pralinenschachtel – *The Chocolate Box, 1923;* Die verlorene Mine – *The Lost Mine, 1923;* Mord auf dem Siegesball – *The Affair at the Victory Ball, 1923;* Tot im dritten Stock – *The Third Floor Flat, 1929;* Poirot geht stehlen – *The Veiled Lady, 1923;* Laßt Blumen sprechen – *Yellow Iris, 1937;* Eine Tür fällt ins Schloß – *Problem at Sea, 1936*

Hercule Poirots Weihnachten – *Hercule Poirot's Christmas, 1938*

Hercule Poirot schläft nie, Stories

Poirot riecht den Braten – *Murder in the Mews, 1936;* Urlaub auf Rhodos – *Triangle at Rhodes, 1936;* Der unglaubliche Diebstahl der Bomberpläne – *The Incredible Theft, 1937;* Ein Indiz zuviel – *The Double Clue, 1924*

Karibische Affäre – *A Caribbean Mystery, 1964*

Die Katze im Taubenschlag – *Cat among the Pigeons, 1959*

Die Kleptomanin – *Hickory, Dickory Dock, 1955*

Das krumme Haus – *The Crooked House, 1949*

Kurz vor Mitternacht – *Towards Zero, 1944*

Lauter reizende alte Damen – *By the Pricking of My Thumbs, 1968*

Der letzte Joker – *The Seven Dials Mystery, 1929*

Die letzten Arbeiten des Herkules, Stories – *The Labours of Hercules*

Der Kretische Stier – *The Cretan Bull, 1947;* Die Stuten des Diomedes – *Horses of Diomedes, 1947;* Der Gürtel der Hippolyta – *Girdle of Hippolyta, 1947;* Geryons Herde – The Flock of Geryon, 1947; Die Äpfel der Hesperiden – *The Apples of the Hesperides, 1947;* Die Gefangennahme des Zerberus – *The Capture of Cerberus, 1947*

Der Mann im braunen Anzug – *The Man in the Brown Suit, 1924*

Die Mausefalle und andere Fallen, Stories

Die Mausefalle – *Three Blind Mice, 1948;* Das Asyl – *The Sanctuary, 1961;* Die letzte Sitzung – *The Last Seance, 1933;* Die Doppelsünde – *Double Sin, 1961;* Schwanen-Gesang – *Swan Song, 1934;* Vierundzwanzig Schwarzdrosseln – *Four-and-Twenty Blackbirds, 1948*

Die Memoiren des Grafen – *The Secret of Chimneys, 1925*

Mit offenen Karten – *Cards on the Table, 1936*

Mörderblumen, Stories

SOS – *SOS, 1925;* Der Smaragd des Radschas – *The Rajah's Emerald, 1926;* Die Puppe der Schneiderin – *The Dressmaker's Doll, 1958;* Etwas ist faul – *The Listerdale Mystery, 1925;* Die goldene Kugel – *The Golden Ball, 1929;* Sonntag – *A Fruitful Sunday, 1928;* Der Hund des Todes – *The Hound of Death, 1933*

Mördergarn, Stories

Gurke – *Mr. Eastwood's Adventure, 1923;* Jane sucht Arbeit – *Jane in Search of a Job, 1924;* Die Zigeunerin – *The Gipsy, 1933;* Spiegelbild – *In a Glass Darkly, 1934;* Das Mädchen im Zug – *The Girl in the Train, 1924;* Der seltsame Fall des Sir Arthur Carmichael – *The Strange Case of Sir Arthur Carmichael, 1933;* Der Traum vom Glück – *The Manhood of Edward Robinson, 1924*

Die Mörder-Maschen, Stories

Miss Marple erzählt eine Geschichte – *Miss Marple Tells a Story, 1939;* Ein seltsamer Scherz – *Strange Jest, 1948;* Die Stecknadel – *The Tape-Measure Murder, 1948;* Die Hausmeisterin – *The Case of the Caretaker, 1948;* Die Perle – *The Case of the Perfect Maid, 1948;* Die Uhr war Zeuge – *The Love Detectives, 1948;* Die Farben des Harlekin – *Harlequin Tea Set, 1971;* Der Stein des Anstoßes – *The Regatta Mystery, 1939;* Ein guter Freund – *Sing a Song of Sixpence, 1934*

Der Mord auf dem Golfplatz – *Murder on the Links, 1923*

Die Morde des Herrn ABC – *The ABC Murders, 1936*

Mord im Orientexpreß – *Murder in the Orient Express, 1934*

Mord im Pfarrhaus – *Murder at the Vicarage, 1930*

Mord im Spiegel oder Dummheit ist gefährlich – *The Mirror Crack'd from to Side, 1962*

Mord in Mesopotamien – *Murder in Mesopotamia, 1936*

Mord nach Maß – *Endless Night, 1967*

Ein Mord wird angekündigt – *A Murder is Announced, 1950*

Morphium – *Sad Cypress, 1940*

Nikotin – *Three Act Tragedy, 1935*

Poirot rechnet ab, Stories

Die Augen der Gottheit – *The Adventure of the Western Star, 1924;* Die Tragödie von Marsdon Manor – *The Tragedy at Marsdon Manor, 1924;* Die mysteriöse Wohnung – *The Adventure of the Cheap Flat, 1924;* Das Mysterium von Hunter's Lodge – *The Mystery of Hunter's Lodge, 1924;* Der raffinierte Aktiendiebstahl – *The Million Dollar Bond Robbery, 1924;* Das Abenteuer des ägyptischen Grabes – *The Adventure of the Egyptian Tomb, 1924;* Der Juwelenraub im Grand Hotel – *The Jewel Robbery at the Grand Metropolitan, 1924;* Der entführte Premierminister – *The Kidnapped Prime Minister, 1924;* Das Verschwinden Mister Davenheims – *The Disappearance of Mr. Davenheim, 1924;* Das Abenteuer des italienischen Edelmannes – *The Adventure of the Italian Nobleman, 1924;* Das fehlende Testament – *The Case of the Missing Will, 1924*

Rächende Geister – *Death Comes at the End, 1944*

Rätsel um Arlena, siehe Das Böse unter der Sonne

Der rote Kimono, siehe Mord im Orientexpreß

Rotkäppchen und der böse Wolf – *N or M?, 1941*

Ruhe unsanft – *Sleeping Murder, 1976*

Die Schattenhand – *The Moving Finger, 1942*

Das Schicksal in Person – *Nemesis, 1971*

Die Schneewittchen-Party – *Halloween Party, 1969*

16 Uhr 50 ab Paddington – *4.50 from Paddington, 1957*

Der seltsame Mr. Quin, Stories

Die Ankunft des Mr. Quin – *The Coming of Mr. Quin, 1930;* Der Kavalier am Fenster – *The Shadow on the Glass, 1930;* Der Zaubertrick – *At the »Bells and Motley«, 1930;* Das Zeichen am Himmel – *The Sign in the Sky, 1930;* Die Seele des Croupiers – *The Soul of the Croupier, 1930;* Das Ende der Welt – *The World's End, 1930;* Die Stimme aus dem Dunkeln – *The Voice in the Dark, 1930;* Das schöne Gesicht – *The Face of Helen, 1930;* Der tote Harlekin – *The Dead Harlequin, 1930;* Der Vogel mit dem gebrochenen Flügel – *The Bird with the Broken Wing, 1930;* Der Mann im Meer – *The Man from the Sea, 1930;* Die Straße des Harlekin – *Harlequin's Lane, 1930*

Sie kamen nach Bagdad – *They came to Baghdad, 1951*

Das Sterben in Wychwood – *Easy to Kill, 1939*

Der Tod auf dem Nil – *Death on the Nile, 1937*

Der Todeswirbel – *Taken at the Flood, 1948*

Tod in den Wolken – *Death in the Air, 1935*

Der Tod wartet – *Appointment with Death, 1938*

Tödlicher Irrtum oder Feuerprobe der Unschuld – *Ordeal by Innocence, 1958*

Die Tote in der Bibliothek – *The Body in the Library, 1942*

Der Unfall und andere Fälle, Stories

Der Unfall – *Accident, 1934;* Der Traum – *The Dream, 1939;* Haus Nachtigall – *Philomel Cottage, 1934;* Die spanische Truhe – *The Mystery of the Spanish Chest, 1939;* Das Geheimnis des blauen Kruges – *The Mystery of the Blue Jar, 1933;* Das Wespennest – *Wasp's Nest, 1961;* Greenshaws Monstrum – *Greenshaw's Folly, 1960*

Der unheimliche Weg – *Destination Unknown, 1954*

Das unvollendete Bildnis – *Five little Pigs, 1942*

Die vergeßliche Mörderin – *Third Girl, 1966*

Vier Frauen und ein Mord – *Mrs. McGinty's Dead, 1952*

Villa Nachtigall – Stories

Der Fall des unbefriedigten Soldaten – *The Case of the Discontented Soldier, 1934; Der Fall der enttäuschten Hausfrau – The Case of the Middle-Aged Wife, 1934;* Der Fall des Büroangestellten – *The Case of the City Clerk, 1934;* Die Zigeunerin – *The Gipsy, 1933;* Zeugin der Anklage – *Witness for the Prosecution, 1933;* Der seltsame Fall des Sir Arthur Carmichael – *The Strange Case of Sir Arthur Carmichael, 1933;* Der Spiegel des Toten – *Dead Man's Mirror, 1937;* Die Ankunft des Mr. Quin – *Coming for Mr. Quin, 1930;* Der tote Harlekin – *The Dead Harlequin, 1930;* Die Seele des Croupiers – *The Soul of the Croupier, 1930;* Das Mädchen im Zug – *The Girl in the Train, 1939;* Villa Nachtigall – *Philomel Cottage, 1939;* Gurke – *Mr. Eastwood's Adventure, 1934*

Vorhang – *Curtain, 1975*

Der Wachsblumenstrauß – *After the Funeral, 1953*

Wiedersehen mit Mrs. Oliver – *Dead Man's Folly, 1956*

Zehn kleine Negerlein – *Ten Little Niggers* oder *Ten Little Indians* oder *And Then There Were None, 1939*

Zeugin der Anklage, Der Prügelknabe, Stories

Zeugin der Anklage – *Witness for the Prosecution, 1933;* Der Prügelknabe – *The Underdog, 1951*

EDGAR
WALLACE
ORIGINAL
ungekürzt – neu überset

Die Meister-Krimis in der ersten werkgetreuen Neuübersetzung.

Die blaue Hand
Der grüne Bogenschütze
Die vier Gerechten
Der Frosch mit der Maske
Die Tür mit den 7 Schlössern
Das Gasthaus an der Themse
Der schwarze Abt
Der rote Kreis
Der Doppelgänger
Die gebogene Kerze
Der Hexer
Der Rächer
Die seltsame Gräfin
Das Verrätertor
Der Zinker

Scherz Krimi Klassiker